이솝 우화

AESOP'S FABLES
Illustrated by Arthur Rackham

이솝 우화

이솝 지음 | 이덕형 옮김

문예출판사

일러두기

각 편 끝의 설명 중 ● 표시가 붙은 문장은 옮긴이가 직접 추가한 것입니다.

머리말

　우리가 인생의 초기에 접했던 이솝 우화의 극소 부분은 우리 기억의 심층부에 깊숙이 박혀 우리의 삶에 보이지 않는 큰 보탬을 주어왔다. 그러나 그 깊이 박힌 인상은 이솝의 진면목을 이해하는 데 큰 장애로 작용하여 이솝은 아동들이나 어린 소년소녀들의 읽을거리라는 큰 오류와 자만을 낳았다.
　그러나 막상 이솝 우화를 상세히 정독하면 독자의 눈이 달라지기 시작한다. 사회와 우리의 생활의 장이 마치 거대한 장기판 같아지고, 거기에서 뛰는 장기말이 차, 포, 말, 상, 졸 등을 대신해서 사자, 늑대, 여우, 나귀, 곰, 족제비 등, 그 밖에 많은 네 발 달린 짐승들뿐 아니라 조류와 곤충, 게다가 식물들, 이런 것도 모자라 인간과 신들, 더욱이 슬픔이니 질투니 하는 추상 개념들까지 등번호를 달고 장기판이라는 전장을 무대로 열심히 뛰며 싸우며 서로 돕는 형국을 펼친다. 이 치열하고 복잡하고 다양한 싸움판을 관람하는 독자들의 의식과 직관적 판단력은 이전과 달라지면서 "저 조조 같은 놈" 하던 언어 습관을 "저 여우 같은 놈, 저 늑대, 저 바보 나귀 같은 놈"이라고 말하게 될지도 모른다.
　이렇게 구체화한 인물들뿐 아니라 이솝을 통해 우리는 눈에는 보이지 않는 갈등, 음흉함, 사기, 거짓, 우둔함, 질시와 질투, 자기변

명, 아첨, 파괴본능 등등 인간 내면에 위치한 칠거지정의 동작을 관람할 수 있다.

이에 더해 정직이 거짓을 이기고 정의가 불의를 누르고 설득이 응징을 누르는 반면 그 역을 보는가 하면, 누른 쪽과 진 쪽 모두가 파멸할 수도 있는 신의 섭리도 이야기하는 이솝을 직면하게 된다.

또한 교훈적인 주제를 다루면서도 근엄한 형식으로 권선징악에 그치는 것이 아니라 우스갯소리와 익살과 반짝이는 기지로 독자를 즐겁게 하면서 넌지시 인생의 지침, 다시 말해서 생활인들이 깨달으면 득이 되는 생의 비법을 보물찾기 형식으로 숨겨놓고 있다는 점이 이솝 우화의 매력이다. 그런데 각 우화가 담고 있는 교훈은 본문에 극히 일부분만 등장해 역자는 나름대로 때로는 자신있게, 때로는 만용을 부리며 이야기 전체에 교훈 또는 인상을 첨가했다.

끝으로 이솝 우화의 영문판은 여러 가지가 있는데 하필 그래머시 북스 판을 선택한 이유를 설명하겠다. 즉 역자는 일생을 두고 펭귄 출판사를 좋아해왔다. 워낙 훌륭한 책을 무수히 세상에 펴낸 출판사이기 때문이다. 그런데 그 출판사의 이솝 우화를 보는 순간 초반부에서 실망했던 것이다. 구체적으로 한 예를 들자면 이 번역본의 1화에 나오는 〈여우와 신 포도〉에 펭귄판에서는 "자신이 선망하던 것을 노력해도 얻지 못하면 환경 탓으로 돌린다"라는 촌평을 붙여놓았기 때문에 역자는 깜짝 놀랐다. 이것은 글을 다르게 보아도 너무 하다는 생각이 들었다. "신 포도의 경우(the case of sour grapes)"라는 표현은 오늘날 일상생활에서 많이 쓰는 말이다. 대학입시에 낙방한 젊은이가 "대학 들어가 봤자지!"라든가 예쁜 여자 탤런트에게 실연당한 젊은이가 "미인박명이라지?" 하는 식으로 자신의 실망을 은폐할 때 "신 포도의 경우"라는 표현을 쓰는 것은 상식에 속하는 말이다. 그래서 역자는 그래머시 북스 판의 이솝 우화를 택하게 되었다.

이처럼 한 이야기를 놓고 출판사마다 다른 교훈이나 해설을 첨부한 것을 보면 이솝 우화가 시대와 보는 이에 따라 다른 의미를 내포한 글로 보인다는 점을 반증하는 것이다. 따라서 우화의 끝에 첨부된 '역자 주'에 대해 독자들의 관대한 판단이 있기를 바란다.

끝으로 이 우화를 읽고 나서 나도 이솝 우화의 여우 같은 인간이 아닌가, 늑대 같은 인간이 아닐까, 아니면 모기? 독사? 하는 식으로 우리 국민, 특히 권력과 돈을 가진 자들 또는 국민을 대표한다는 자들이 자기반성하는 계기가 되었으면 하는 것이 역자의 바람이다. 또한 그러한 반성을 하는 모습에 저승에 있을 이솝도 농을 던지지 못할 것이다.

역자 이덕형

차 례

머리말 _5
1. 여우와 포도 __21
2. 황금알을 낳는 거위 __22
3. 고양이와 생쥐들 __23
4. 개구쟁이 개 __24
5. 숯꾼과 풀러 __25
6. 회의하는 생쥐들 __26
7. 박쥐와 족제비 __27
8. 여우와 까마귀 __28
9. 개와 암퇘지 __30
10. 말과 마부 __31
11. 늑대와 어린양 __32
12. 고양이와 새들 __34
13. 공작새와 학 __36
14. 방탕아와 제비 __37
15. 노파와 의사 __38
16. 달과 달의 어머니 __40
17. 헤르메스와 나무꾼 __41
18. 나귀와 여우와 사자 __43
19. 사자와 생쥐 __44
20. 까마귀와 물주전자 __46
21. 소년들과 개구리들 __47

22. 북풍과 해님 __48

23. 여주인과 하인들 __50

24. 선과 악 __51

25. 토끼와 개구리 __53

26. 여우와 황새 __54

27. 양가죽을 쓴 늑대 __56

28. 소외양간에 들어온 수사슴 __57

29. 우유 짜는 소녀와 들통 __59

30. 돌고래와 고래와 잔챙이 청어 __60

31. 여우와 원숭이 __61

32. 나귀와 애완견 __62

33. 전나무와 가시나무 __64

34. 태양을 향한 개구리의 불평 __65

35. 개와 수탉과 여우 __66

36. 모기와 황소 __67

37. 곰과 여행자들 __68

38. 노예와 사자 __69

39. 벌과 제우스 __71

40. 벼룩과 인간 __72

41. 참나무와 갈대 __74

42. 맹인과 새끼 이리 __76

43. 소년과 달팽이 __77

44. 원숭이들과 두 여행자 __78

45. 나귀와 짐 __80

46. 양치기 소년과 늑대 __81

47. 여우와 염소 __82

48. 어부와 잔챙이 청어 __84

49. 뻐기는 여행자 __85

50. 게와 어미 게 __86

51. 나귀와 나귀의 그림자 __87

52. 농부와 아들들 __88

53. 개와 요리사 __89

54. 왕이 된 원숭이 __91

55. 도둑들과 수탉 __92

56. 농부와 행운의 여신 __94

57. 제우스와 원숭이 __95

58. 아버지와 아들들 __96

59. 램프 __97

60. 부엉이와 새들 __98

61. 암염소와 턱수염 __101

62. 사자 가죽을 뒤집어쓴 나귀 __102

63. 늙은 사자 __104

64. 미역 감는 소년 __105

65. 돌팔이 의사 __106

66. 몸이 부푼 여우 __107

67. 생쥐와 개구리와 솔개 __108

68. 소년과 쐐기풀 __109

69. 농부와 사과나무 __110

70. 갈가마귀와 비둘기들 __111

71. 제우스와 거북이 __112

72. 구유 속의 개 __113

73. 두 개의 주머니 __114

74. 황소와 굴대 __115

75. 소년과 개암 열매 __116

76. 왕을 바라는 개구리들 __117

77. 올리브나무와 무화과나무 __120

78. 사자와 멧돼지 __121

79. 호두나무 __122

80. 사람과 사자 __123

81. 거북이와 독수리 __124

82. 지붕 위의 새끼 염소 __125

83. 꼬리 없는 여우 __126

84. 허영심 강한 갈가마귀 __127

85. 여행자와 그의 개 __128

86. 난파당한 사람과 바다 __129

87. 멧돼지와 여우 __130

88. 헤르메스 신과 조각가 __131

89. 새끼 사슴과 그의 어머니 __132

90. 여우와 사자 __133

91. 독수리와 포획자 __134

92. 대장장이와 그의 개 __135

93. 연못가의 수사슴 __136

94. 개와 그림자 __137

95. 헤르메스와 상인들 __138

96. 생쥐들과 족제비들 __139

97. 공작새와 헤라 __140

98. 곰과 여우 __142

99. 나귀와 늙은 농부 __144

100. 황소와 개구리 __145

101. 인간과 목각상 __147

102. 헤라클레스와 마부 __148

103. 석류와 사과나무와 찔레덤불 __149

104. 사자와 곰과 여우 __150

105. 검둥이 __151

106. 두 병사와 강도 __152

107. 사자와 야생나귀 __153

108. 인간과 사티로스 __154

109. 목각상 판매자 __156

110. 독수리와 화살 __157

111. 부자와 가죽공 __158

112. 늑대와 어머니와 어린이 __159

113. 노파와 포도주 병 __160

114. 암사자와 암여우 __161

115. 독사와 줄 __162

116. 토끼와 거북이 __163

117. 고양이와 수탉 __164

118. 군인과 그의 말 __166

119. 소들과 푸줏간 주인들 __167

120. 늑대와 사자 __168

121. 양과 늑대와 수사슴 __169

122. 사자와 세 마리 황소 __170

123. 말과 등에 탄 사람 __171

124. 염소와 포도넝쿨 __172

125. 두 개의 항아리 __173

126. 늙은 사냥개 __174

127. 광대와 지방 주민 __175

128. 종달새와 농부 __177

129. 사자와 나귀 __178

130. 예언자 __179

131. 사냥개와 산토끼 __180

132. 사자와 생쥐와 여우 __181

133. 늑대와 왜가리 __182

134. 포로로 잡힌 나팔수 __184

135. 독수리와 고양이와 암멧돼지 __185

136. 늑대와 양 __187

137. 다랑어와 돌고래 __188

138. 세 장사꾼 __189

139. 생쥐와 황소 __190

140. 산토끼와 사냥개 __191

141. 도시 쥐와 시골 쥐 __192

142. 사자와 황소 __194

143. 늑대와 여우와 원숭이 __195

144. 독수리와 수탉들 __196

145. 도주한 갈가마귀 __197

146. 농부와 여우 __198

147. 아프로디테와 고양이 __199

148. 까마귀와 백조 __200

149. 외눈박이 수사슴 __201

150. 파리와 짐수레 노새 __202

151. 늑대와 목동 __203

152. 수탉과 보석 __204

153. 농부와 황새 __206

154. 군대와 방앗간 주인 __207

155. 베짱이와 개미 __208

156. 베짱이와 부엉이 __210

157. 농부와 독사 __211

158. 두 마리 개구리 __212

159. 의사가 된 구두 수선공 __213

160. 나귀와 수탉과 사자 __214

161. 복부와 신체의 다른 부위들 __215

162. 대머리와 파리 __216

163. 나귀와 늑대 __218

164. 원숭이와 낙타 __219

165. 환자와 의사 __220

166. 여행자들과 플라타너스 __222

167. 벼룩과 황소 __223

168. 새들과 짐승들과 박쥐 __224

169. 남자와 두 애인 __225

170. 독수리와 갈가마귀와 목부 __226

171. 늑대와 소년 __228

172. 방앗간 주인과 아들과 그들의 나귀 __229

173. 수사슴과 포도넝쿨 __232

174. 늑대에 쫓긴 어린양 __233

175. 궁수와 사자 __234

176. 병든 수사슴 __235

177. 늑대와 염소 __236

178. 나귀와 노새 __238

179. 남매 __239

180. 어린 암소와 황소 __240

181. 사자 왕국 __241

182. 나귀와 마부 __242

183. 사자와 산토끼 __243

184. 늑대와 개들 __244

185. 황소와 송아지 __245

186. 나무와 도끼 __246

187. 천문학자 __247

188. 노동자와 뱀 __248

189. 초롱에 든 새와 박쥐 __249

190. 새끼 염소와 늑대 __250

191. 나귀와 그 구매자 __252

192. 채무자와 그의 암퇘지 __253

193. 대머리 사냥꾼 __254

194. 목부와 잃어버린 황소 __255

195. 노새 __256

196. 사냥개과 여우 __258

197. 아버지와 딸들 __259

198. 도둑과 여인숙 주인 __260

199. 집나귀와 야생 나귀 __262

200. 나귀와 주인들 __263

201. 집나귀와 야생 나귀와 사자 __264

202. 개미 __265

203. 개구리들과 우물 __266

204. 게와 여우 __268

205. 여우와 베짱이 __269

206. 농부와 그 아들과 당까마귀 __270

207. 나귀와 개 __272

208. 조각상을 운반한 나귀 __273

209. 아테네 사람과 테베 사람 __274

210. 염소 몰이꾼과 염소 __276

211. 양과 개 __278

212. 목동과 늑대 __279

213. 사자와 제우스와 코끼리 __280

214. 돼지와 양 __282

215. 정원사와 그의 개 __283

216. 강들과 바다 __284

217. 사랑에 빠진 사자 __285

218. 양봉가 __286

219. 박쥐와 가시나무와 갈매기 __287

220. 늑대와 말 __288

221. 개와 늑대 __290

222. 말벌과 뱀 __291

223. 독수리와 딱정벌레 __292

224. 새사냥꾼과 종달새 __294

225. 족제비와 인간 __295

226. 피리부는 어부 __296

227. 농부와 나귀와 황소 __298

228. 데마데스와 그의 우화 __299

229. 원숭이와 돌고래 __300

230. 까마귀와 뱀 __302

231. 개들과 여우 __303

232. 꾀꼬리와 매 __304

233. 장미와 아마란스 __305

234. 사람과 말과 황소와 개 __306

235. 늑대들과 양들과 숫양 __308

236. 백조 __309

237. 뱀과 제우스 __310

238. 농부와 늑대 __311

239. 늑대와 제 그림자 __312

240. 헤르메스와 개미에 물린 사람 __314

241. 꾀 많은 사자 __315

242. 앵무새와 고양이 __316

243. 수사슴과 사자 __317

244. 사기꾼 __318

245. 개들과 생가죽 __319

246. 사자와 여우와 나귀 __320

247. 모기와 사자 __322

248. 꽃과 자고새와 수탉 __324

249. 농부와 그의 개들 __325

250. 독수리와 여우 __326

251. 푸줏간 주인과 그의 손님들 __328

252. 헤라클레스와 아테나 __329

253. 사자에게 시중든 여우 __330

254. 돌팔이 의사 __331

255. 사자와 늑대와 여우 __333

256. 헤라클레스와 플루토스 __335

257. 여우와 표범 __336

258. 여우와 고슴도치 __337

259. 까마귀와 갈가마귀 __338

260. 여자 마법사 __339

261. 늙은이와 죽음 __340

262. 여우들과 강 __341

263. 수전노 __342

264. 말과 수사슴 __344

265. 여우와 가시나무 __345

266. 여우와 뱀 __346

267. 사자와 여우와 수사슴 __347

268. 가래를 잃어버린 사람 __350

269. 자고새와 새사냥꾼 __351

270. 도망친 노예 __352

271. 사냥꾼과 벌목꾼 __353

272. 독사와 독수리 __354

273. 악당과 신의 계시 __355

274. 늑대를 추격하는 개 __356

275. 말과 나귀 __357

276. 슬픔의 신과 그의 특권 __359

277. 매와 솔개와 비둘기들 __360

278. 부인과 농부 __361

279. 프로메테우스와 인간 창조 __363

280. 제비와 까마귀 __364

281. 사냥꾼과 말 탄 사나이 __365

282. 염소지기와 야생 염소들 __366

283. 꾀꼬리와 제비 __368

284. 여행자와 행운 __369

옮긴이의 말 __370

1
여우와 포도

배고픈 여우 한 마리가 높은 넝쿨 받침 위로 정연히 늘어선 넝쿨에 매달린 먹음직한 포도송이들을 보았습니다. 그는 있는 힘껏 높이 뛰어오르며 포도를 따려고 최선을 다했습니다. 그러나 모든 게 허사였습니다. 포도송이들은 닿을 듯 말 듯하면서도 그의 손에 닿지 않았습니다. 그리하여 그는 포기하고는 위엄 있고 초연한 거동을 연출하며 그곳을 떠났습니다.

"익었다고 생각했는데 이제 보니 저것들은 아주 신 포도로군."
여우는 한마디 내뱉었습니다.

교훈
인간에게는 목표 달성을 못 한 실망을 은폐하려는 속성이 있는 법이다.

2
황금알을 낳는 거위

부부 한 쌍이 있었는데, 그들은 매일 하나씩 황금알을 낳는 거위 한 마리를 손에 넣는 행운을 얻었습니다. 그들에게 행운이 왔지만 부자가 되는 속도가 더디다는 생각을 하기 시작했습니다. 그 거위의 내장이 틀림없이 온통 금으로 되어 있을 거라고 상상한 부부는 그 금 전체를 한 번에 얻으려고 거위를 죽이기로 결심했습니다. 그러나 거위의 몸통을 잘라 뒤집어보았더니 그 속은 다른 거위와 다를 것이 전혀 없었습니다. 그렇게 그들은 순식간에 부자가 되지 못했을 뿐더러 그들의 부를 매일 불려주던 혜택도 잃고 말았던 것입니다.

교훈
욕심이 지나치면 모든 것을 잃는다.

3
고양이와 생쥐들

옛날에 생쥐들이 들끓는 집이 있었습니다. 고양이 한 마리가 이 소식을 듣고 즉시 달려가 그 집에 거처를 정해놓고 생쥐를 한 마리씩 잡아먹었습니다. 마침내 생쥐들은 더는 견딜 수 없어서 그들의 쥐구멍에 그대로 머물러 있기로 결심했습니다.

"이상한걸. 내가 할 수 있는 일은 속임수를 써서 저놈들을 꾀어내는 일이지" 하고 고양이는 속으로 중얼거렸습니다. 그리하여 고양이는 잠시 생각하고 나서 벽을 타고 올라가 뒷다리로 나무못을 움켜잡고는 거꾸로 매달려서 죽은 척했습니다. 이윽고 생쥐 한 마리가 밖을 살피며 내다보다가 그곳에 고양이가 매달린 것을 보았습니다.

"아하! 고양이 아줌마, 당신은 틀림없이 매우 영리하시군요. 하지만 원하시면 그곳에 매달린 채 밥주머니로 둔갑하셔도 좋습니다. 그렇다 해도 아주머니 가까이에 가서 잡히는 생쥐는 없을 겁니다."

그 생쥐가 소리쳤습니다.

교훈
현명한 사람이면 전에 위험 인물로 찍혔던 자들이 순박한 거동을 취해도 속지 않는다.

4
개구쟁이 개

옛날에 개 한 마리가 있었는데, 그 녀석은 누가 저를 건드리지 않았는데도 왈칵 달려들어 사람을 물어뜯는 통에 녀석의 주인집을 방문하는 모든 이들에게는 골칫거리였습니다. 그리하여 주인은 사람들에게 이 녀석이 가까이 있다는 것을 경고하려고 그 목에 방울을 달아놓았습니다. 녀석은 그것을 자랑스럽게 생각하고 여봐란 듯이 방울 소리를 내며 이리저리 활보했습니다. 그러자 늙은 개 한 마리가 다가와 말했습니다.

"이 친구야, 그렇게 으쓱대지 않는 게 좋을 거야. 그 방울이 자네가 뭘 잘해서 훈장으로 준 것이라고 생각하나? 천만에 말씀. 그것은 치욕의 증표야."

교훈
악명도 때로 명예로 오인되는 경우가 허다하다.

5
숯꾼과 풀러*

예전에 혼자 일하며 살아가는 숯꾼이 있었습니다. 그런데 풀러한 사람이 우연히 이웃에 와서 정착하여 살게 되었습니다. 서로 얼굴을 익힌 후 광목을 다루는 사람이 꽤 괜찮은 인간이라는 것을 알게 되자 숯꾼은 그에게 자기 집에 와서 같이 살면 어떻겠느냐고 제안했습니다.

"같이 살다 보면 우리 서로를 더 잘 알게 되겠지요. 게다가 생활비도 절약될 것 아닙니까?"

풀러는 그 제안에 감사를 표하면서 말을 이었습니다.

"형씨, 나로서는 생각할 수도 없는 일입니다. 뻔하지 않습니까? 땀 흘려 하얗게 바래놓은 광목이 몽땅 형씨가 굽는 숯 때문에 금방 까맣게 될 겁니다."

교훈
끼리끼리 모이는 법이다.

* 풀러 : 광목을 햇볕에 널어 하얗게 바래게 하는 일을 하는 직공 ― 옮긴이 주

6
회의하는 생쥐들

옛날에 모든 생쥐들이 회의장에 모여 고양이의 공격에서 자신들의 안전을 지킬 가장 좋은 방법에 대해 논의했습니다. 몇 가지 제안을 놓고 찬반 논쟁이 교환된 후, 어느 정도 어른 대우를 받는 경험이 풍부한 생쥐 한 마리가 기립하여 말했습니다.

"좋은 생각이 떠올랐소. 여러분이 찬성하고 실천에 옮기기만 하면 장차 우리의 안전을 보장할 계획이오. 우리의 적 고양이놈의 목에 방울을 달면 그 방울 소리는 고양이의 접근을 우리에게 경고해줄 것이오."

이 제안은 열렬한 박수를 받았고 그 제안을 채택하기로 이미 결정이 난 셈이었습니다. 그러나 그때 늙은 생쥐 한 마리가 일어나서 말했습니다.

"우리 앞에 내놓은 계획이 탄복할 만한 것이라는 점에는 전적으로 동의하오. 그런데 누가 고양이에게 방울을 달고 올 것인지 물어봐도 되겠소?"

교훈
계획을 세우는 것과 그 실천은 별개 문제다.

7
박쥐와 족제비

박쥐 한 마리가 땅에 떨어져서 족제비에게 잡혀 이제 막 목숨을 잃으면서 족제비에게 먹힐 참이었습니다. 박쥐는 놓아달라고 애걸했습니다. 그러나 족제비는 모든 새들은 적이라는 원칙을 지키기 때문에 놓아줄 수 없다고 말했습니다.

"아, 그러세요? 그런데 저는 전혀 새가 아닙니다. 전 생쥐거든요."

박쥐가 말했습니다.

"그렇군. 자세히 보니 그래."

족제비는 박쥐를 놓아주었습니다. 얼마 후 그 박쥐는 다른 족제비에게 이전에 그랬던 것처럼 잡혔습니다. 그리하여 다시 전처럼 살려달라고 애원했습니다.

"안 돼. 난 무슨 일이 있어도 생쥐는 놔주지 않아."

"하지만 전 생쥐가 아닙니다. 전 새입니다."

박쥐가 말했습니다.

"아, 그렇군. 넌 새지."

그 족제비 역시 박쥐를 풀어주었습니다.

교훈

너의 입장을 밝히기에 앞서 바람의 방향을 살펴라.

8
여우와 까마귀

까마귀 한 마리가 부리에 치즈 조각을 물고 나뭇가지에 앉아 있었습니다. 그때 여우 한 마리가 그 까마귀를 살피며 치즈를 빼앗을 수 있는 방법을 찾으려고 기지를 발휘했습니다. 나무 밑으로 와 자리 잡고 서서 여우는 말했습니다.

"히야! 고귀한 새가 내 위에 앉아 있구나! 그 아름다움은 비할 데가 없구나! 깃털의 빛깔은 오묘하구나. 목소리만 외모처럼 아름답다면 저 새는 틀림없이 새의 여왕이 될 텐데."

까마귀는 이 말에 지독히 우쭐해졌습니다. 그리하여 자기는 노래도 할 수 있다는 것을 여우에게 보여주려고 큰 소리로 까악까악 하고 울었습니다. 물론 치즈는 아래로 떨어졌고 여우는 치즈를 잡아채고 나서 말했습니다.

"아주머니, 목소리도 가지고 계시군요. 그런데 아주머니에게는 기지가 부족한데요?"

교훈

아첨꾼들이 연주하는 음악을 들은 사람은 그 풍각쟁이에게 값을 지불할 것을 예상해야 한다.

9
개와 암퇘지

개와 암퇘지가 말다툼을 벌이고 있었습니다. 서로 자기 새끼가 다른 짐승들의 새끼보다 훌륭하다고 주장했습니다.

마침내 암퇘지가 말했습니다.

"이봐요. 내 새끼는 여하튼 세상에 나올 때 눈을 뜨고 나와요. 하지만 댁의 새끼들은 눈을 감고 장님으로 태어나지 않습니까?"

교훈

누구나 자기 자식을 자랑하고 싶어 한다.
동물의 특성에 대한 이솝의 날카로운 관찰이 엿보이는 예다.

10
말과 마부

옛날에 자기가 맡은 말의 털을 골라주고 빗겨주는 일에 많은 시간을 바친 마부가 한 명 있었습니다. 그런데 그는 매일 말먹이로 주는 귀리의 일부를 훔쳐 자기 주머니를 채우려고 팔아먹었습니다. 말의 건강은 차츰 악화되었습니다. 마침내 말은 마부에게 외쳤습니다.

"아저씨가 진정으로 윤기 흐르고 건강한 제 모습을 보고 싶으시면 빗질은 줄이고 먹이나 더 주십시오."

교훈
욕심에 눈이 멀면 제 살도 깎아먹는다.

11
늑대와 어린양

늑대 한 마리가 무리에서 벗어나 배회하는 어린양과 우연히 만났습니다. 그런데 그럴듯한 구실도 없이 저렇게 무력한 피조물의 목숨을 빼앗는다는 생각에 약간 가책을 느꼈습니다. 그래서 늑대는 어떤 트집을 궁리해내고는 마침내 입을 열었습니다.

"이봐! 넌 작년에 날 지독히 모욕했지?"

"어르신, 그건 말도 안 됩니다. 작년에는 저는 태어나지도 않은걸요."

어린양이 매매 하면서 대답했습니다.

"그래? 넌 내 풀밭의 풀을 먹고 있구나."

늑대가 대응했습니다.

"그건 불가능합니다. 전 아직 풀을 맛본 적이 없어요."

어린양이 대답했습니다.

"그리고 너는 내 옹달샘에서 물을 마셨어."

늑대가 말을 이었습니다.

"저는 정말 엄마의 젖 말고는 아직 아무것도 마신 적이 없답니다."

가엾은 어린양이 말했습니다.

"으흠, 여하튼 나는 내 식사를 거를 수는 없다."

이렇게 늑대는 어린양에게 달려들어 더는 법석을 떨고 말고 없이 어린것을 잡아먹었습니다.

교훈
독재자는 항상 독재를 위한 구실을 찾으려 한다. 따라서 조리 있는 설득도 통하지 않는다.

12
고양이와 새들

 닭농장의 닭들이 앓고 있다는 말을 고양이가 들었습니다. 그래서 고양이는 의사로 분장하고 의사에게 어울리는 의료 기구들을 들고 문 앞에 나타났습니다. 그러고는 닭들 모두 안녕하시냐고 물었습니다. 닭들은 그를 안으로 들이지 않고 대답했습니다.
 "당신 모습을 영원히 보지 않으면 우리는 안녕할 거요."

교훈
악당은 자신을 위장할 수 있지만 현명한 자들은 속이지 못한다.

13
공작새와 학

공작새가 깃털 색깔이 칙칙한 학을 조롱했습니다.

"나의 이 찬란한 색깔들을 보렴. 너의 보잘것없는 깃털보다 얼마나 더 멋지냐 말야."

공작새가 말했습니다.

"네 것이 내 것보다 훨씬 화려한 건 부정 안 해. 하지만 나는 실력은 어떻지? 너는 보통 닭처럼 땅에 박혀 있겠지만 나는 구름 속으로 날아갈 수 있단 말이다."

학이 대답했습니다.

교훈
외모보다 실력.

14
방탕아와 제비

재산을 탕진하고 남은 것은 오직 지금 걸친 옷이 전부인 방탕아가 있었는데, 그는 이른 봄 어느 화창한 날 제비 한 마리를 보았습니다. 여름이 왔구나 하는 생각에 이어 이제 외투는 없어도 된다는 생각이 들자 그는 밖으로 나가 외투를 팔았습니다. 그것도 상대방이 부르는 값에 팔아버린 것이었습니다. 그러나 날씨가 바뀌면서 된서리가 내리는 바람에 불쌍한 제비가 얼어 죽었습니다. 그 방탕아는 제비의 시체를 보자 소리쳤습니다.

"불쌍한 것! 너 때문에 나도 얼어죽겠구나."

교훈
한 마리 제비가 여름을 만드는 건 아니다.

15
노파와 의사

어떤 노파가 있었는데, 그녀는 안질로 인해 앞을 보지 못하게 되었습니다. 의사의 진찰을 받은 후 그녀는 증인들이 입회한 가운데 의사와 어떤 합의에 도달했습니다. 의사가 그녀를 고쳐주면 비싼 치료비를 의사에게 지불하는 반면 실패하면 의사는 아무것도 받지 않는다는 합의였습니다. 따라서 의사는 치료법을 처방해주었는데 왕진 올 때마다 노파의 집에서 가구나 몇몇 물건을 가져갔습니다.

마침내 의사가 노파를 마지막으로 왕진하고 치료가 완료되었을 때가 되어서는 집 안에 아무것도 남은 것이 없었습니다. 자기 집이 텅텅 빈 것을 본 노파는 치료비 납부를 거부했습니다. 그리하여 노파 쪽에서 여러 차례 거부한 후 의사는 빚을 갚으라고 요구하는 소송을 치안판사에게 제기했습니다.

재판정에 끌려왔을 때 노파는 자신의 변호를 위해 만반의 준비를 한 상태였습니다. 그녀는 변론했습니다.

"원고가 말하는 우리의 합의 내용은 정확합니다. 본인은 의사가 고쳐주면 그에게 진료비를 주기로 약속했습니다. 의사 쪽에서는 치료하지 못하면 치료비를 전혀 청구하지 않기로 약속했습니다. 지금 의사는 내가 치료되었다고 말합니다. 하지만 내 말씀은 이렇습니다. 나는 전보다 더 심한 장님이 되었다 이겁니다. 전 그걸 증명할 수 있습니다. 내 눈이 나빴을 때에도 나는 집 안에 어느 정도의 가구와 다른 물품들이 있다는 것을 알 만큼 주위를 볼 수 있었습니다. 한데 의사의 말로 치료되었다는 지금에 와서는 집 안에서 도무지 어떤 물건도 볼 수 없단 말입니다."

교훈
부정한 돈에 눈이 먼 자들은 자신들이 저지른 범죄의 증거라는 칼날이 언제 날아올지를 모른다.
기원전부터 악덕 의사가 도처에 있었다는 생각이 들어 쓴웃음을 자아낸다.*

16
달과 달의 어머니

    옛날 옛적에 달님이 자기 어머니에게 가운을 한 벌 만들어달라고 부탁했습니다.
    "그걸 어떻게 만들 수 있겠니. 네 몸매에 맞추는 일은 불가능하단다. 너는 초승달일 때도 있고 만월이 될 때도 있지 않니? 초승달에서 만월이 되는 동안은 너는 이것도 저것도 아니지 않니?"
    어머니가 말했답니다.

교훈
어느 장단에 춤을 춰야 할지 모를 때가 있다.

17
헤르메스와 나무꾼

한 나무꾼이 강둑 위에서 나무를 베고 있었습니다. 그의 도끼는 나무 몸통을 치며 빗나가더니 손에서 빠져나가 물속으로 떨어졌습니다. 그가 이 손실을 애통해하며 물가에 서 있을 때 헤르메스 신이 나타나 슬퍼하는 이유가 뭐냐고 물었습니다. 무슨 일이 있었는지를 알게 되자마자 나무꾼이 비통해하는 것을 불쌍히 여겨 헤르메스는 강물 속으로 잠수하더니 황금 도끼 하나를 건져 올리고는 이것이 네가 잃어버린 도끼냐고 물었습니다. 나무꾼이 자기 것이 아니라고 답하자 헤르메스는 두 번째 잠수를 감행하여 은도끼 하나를 건져서 이것이 너의 도끼냐고 물었습니다.

"그것도 제 것이 아닙니다."

나무꾼이 말했습니다. 헤르메스 신은 다시 잠수하여 잃었던 도끼를 건져 올렸습니다. 나무꾼은 제 물건을 다시 찾은 것에 한없이 기뻐하며 그 은인에게 심심한 감사를 표시했습니다. 헤르메스도 나무꾼의 정직함에 직면하여 어찌나 기뻤던지 그에게 다른 두 도끼를 선물로 주었습니다.

그 나무꾼이 친구들에게 이야기를 들려주자 친구 하나는 그의 행운에 대해 어찌나 질투가 났던지 자기도 행운을 얻어보기로 결심했습니다. 그리하여 그 친구는 집을 나서서 강가의 나무를 베기 시작했습니다. 곧 그는 일부러 도끼를 물속에 떨어뜨렸습니다. 헤르메스는 전처럼 나타나서 그의 도끼가 물에 떨어진 것을 알고 물속으로 잠수하여 지난번에 한 것처럼 금도끼 하나를 건져 올렸습니다. 이것이 네 것이냐는 질문이 떨어지기를 기다릴 것도 없이 그는 외쳤습니다.

"그건 내 것입니다. 내 것이에요" 하고 그 귀한 것을 받으려고 손을 힘껏 내밀었습니다. 그러나 헤르메스는 그의 부정직함이 어찌나 역겨웠던지 금도끼를 그에게 주기를 거부했을 뿐 아니라 그가 물에 빠뜨린 도끼도 찾아주지 않았습니다.

교훈
정직은 최선의 처세술이다.

18
나귀와 여우와 사자

나귀와 여우가 짝이 되어 함께 먹을 것을 찾아 씩씩하게 길을 나섰습니다. 얼마 안 가서 그들은 사자 한 마리가 앞으로 가까이 오는 것을 보았습니다. 그들 둘은 겁에 질리고 말았습니다. 그러나 여우에게는 제 목숨을 구할 수 있는 방법을 찾았다는 생각이 번뜩 들었습니다. 그래서 여우는 대담하게 사자에게 다가가서 사자의 귀에다 속삭였습니다.

"어르신, 저를 놓아주기로 약속하신다면 잠복하며 살금살금 접근하는 수고 하실 것 없이 저 나귀를 잡도록 제가 수를 쓰겠습니다."

사자는 이 말에 그리하라고 고개를 끄덕였습니다. 그러자 여우는 다시 친구인 나귀에게 합세해서 어떤 사냥꾼이 야생동물을 잡으려고 파놓은 은밀히 숨겨진 구덩이로 나귀를 용케 인도했습니다. 그리하여 나귀는 그 구덩이 속으로 떨어지고 말았습니다. 나귀가 도망칠 수 없이 확실히 잡힌 것을 보자 사자의 주의는 여우에게 쏠렸습니다. 사자는 지체 없이 여우를 잡아먹고 나서 느긋하게 나귀로 잔칫상을 벌였습니다.

교훈
친구를 배신하면 너 자신의 파멸이 다가올 것이다.

19
사자와 생쥐

굴 속에서 잠자던 사자는 자기 얼굴 위를 뛰어다니는 생쥐 때문에 잠에서 깨었습니다. 화가 난 사자는 발톱으로 생쥐를 잡고 나서 막 죽이려던 참이었습니다.

놀란 생쥐는 목숨을 살려달라고 사자에게 애처롭게 애원했습니다. 생쥐는 울부짖었습니다.

"제발 놔주세요. 절 놔주시면 언제고 어르신의 친절에 보답하겠습니다."

그렇게 보잘것없는 짐승이 자기를 위해 무엇을 할 수 있다는 생각에 사자는 어찌나 재미있었던지 큰 소리로 웃으며 기분 좋게 그놈을 놔주었습니다. 그런데 결국 생쥐가 무엇을 할 기회가 왔습니다.

어느 날이었습니다. 사자는 어떤 사냥꾼들이 짐승들을 잡으려고 쳐놓은 그물에 걸렸던 것입니다.

생쥐는 사자가 노발대발 포효하는 소리를 듣고 사자의 음성임을 알아차리자 그곳으로 달려갔습니다. 소란이고 뭐고 떨 것도 없이 생쥐는 이빨로 밧줄을 갉아 자르기 시작했습니다. 그리하여 곧 사자를 자유롭게 하는 데 성공했습니다.

"자, 보세요."

생쥐가 말했습니다.

"제가 보답하겠다고 약속했을 때 어르신께서는 저를 비웃으셨지요? 하지만 생쥐도 사자님을 도울 수 있는 거라구요. 아셨죠?"

교훈
보잘것없는 친구들도 굉장한 친구가 될 수 있다.

20
까마귀와 물주전자

목이 마른 까마귀 한 마리가 물이 담긴 물주전자를 발견했습니다. 그러나 주둥아리가 너무 좁아서 아무리 노력해도 부리가 물까지는 닿지 않았습니다. 갈증을 해결해줄 직효약을 눈앞에 놓고도 목이 타 죽는구나 하는 생각이 들었습니다.

마침내 까마귀는 영특한 계획을 떠올렸습니다. 까마귀는 조약돌을 물주전자 속으로 떨어뜨리기 시작했는데, 조약돌이 떨어질 때마다 물이 점점 위로 올라와서 마침내 물은 주전자 아구리까지 차올랐습니다. 이리하여 그 영리한 새는 갈증을 달랠 수 있었습니다.

교훈
필요는 발명의 어머니.

21
소년들과 개구리들

  짓궂은 소년들 몇 명이 연못가에서 놀고 있었는데, 그들은 몇 마리 개구리들이 얕은 물속을 이리저리 헤엄치며 돌아다니는 모습을 보자 돌팔매로 세차게 때리는 장난을 시작했습니다. 그래서 몇 마리 개구리가 죽었습니다. 마침내 한 개구리가 물 위로 머리를 내밀고 말했습니다.
  "제발 그만 해! 그만 해! 부탁한다. 너희들한테는 놀이지만 우리에겐 죽음이라구!"

교훈
장난으로 하는 우리의 행위가 타인에게 큰 고충을 안겨주는 경우가 많다.

22
북풍과 해님

북풍과 해님 사이에 말싸움이 벌어졌습니다. 각자는 상대방보다 자기가 더 강하다고 주장했습니다. 마침내 그들은 한 여행자에게 자기들의 힘을 행사하여 누가 더 빨리 그의 외투를 벗길 수 있느냐로 판가름하기로 합의했습니다.

북풍이 먼저 시도하기로 했습니다. 그래서 공격을 위해 그의 힘을 한데 모으더니 무서운 회오리바람을 여행자 위에 쏟아부으면서 일격에 외투를 그에게서 비틀어 떼어내기라도 하려는 듯 그의 외투를 움켜잡았습니다. 그러나 바람이 세차게 불면 불수록 여행자는 더욱 단단히 외투로 몸을 감싸는 것이었습니다.

다음으로 해님 차례가 되었습니다. 처음에 해님은 여행자 몸 위에 햇볕을 부드럽게 던졌습니다. 그러자 여행자는 곧 외투를 잡았던 손을 풀고 외투가 어깨에 느슨히 매달리게 한 채 걸어갔습니다. 해님은 있는 힘을 다하여 햇볕을 쏟아부었습니다. 그랬더니 여행자는 몇 걸음도 가기 전에 외투를 기꺼이 벗어버리고 더 가벼운 차림으로 여행을 끝냈습니다.

교훈
설득이 강압보다 낫다.

23
여주인과 하인들

검소하고 근면한 과부에게 두 하녀가 있었습니다. 과부는 하녀들을 호되게 부려먹었습니다. 하녀들이 아침 늦게까지 잠자리에 누워 있는 것은 용납되지 않았으며 그 늙은 과부는 수탉이 새벽에 울기가 무섭게 하녀들을 깨워 일을 시켰습니다. 하녀들은 그렇게 이른 시간에 일어나야 하는 것을 몹시 싫어했는데, 특히 겨울철이 되면 더욱 그러했습니다.

그들은 수탉녀석이 그처럼 일찍 여주인을 깨우지만 않는다면 자기들은 더 오래 잠을 잘 수 있다고 생각했습니다. 그리하여 그들은 수탉을 잡아 목을 비틀었습니다.

하나 그들은 그런 행동이 가져올 결과에 대해서는 대비가 되어 있지 않았던 것입니다. 다시 말해서 막상 그들의 여주인께서는 평상시처럼 닭의 울음소리가 들리지 않자 전보다 더 일찍 하인들을 깨워 한밤중인데도 일을 시키는 것이었습니다.

교훈
잔꾀도 지나치면 제 발등만 찍힌다.

24
선과 악

지구가 생성되고 얼마 안 된 먼 옛날에는 선과 악이 다 동등하게 인간사에 끼어들었고 그 결과 선이 악을 압도하여 인간들을 전적으로 축복받게 하지 않을 뿐더러 악이 압도적으로 인간을 비참하게 할 수 없는 시대가 있었습니다. 그러나 인간들의 우둔함 때문에 악은 그 수가 무섭게 증가하고 위력을 확대해서 마침내는 악이 인간사에 참여할 선의 몫을 탈취하고 지구에서 선을 몰아낼 것처럼 보였습니다.

그래서 선은 하늘로 가서 제우스 신에게 자신이 받은 대우에 대해 불평하면서 동시에 악에게서 자기를 보호해주시기를, 그리고 인간들과 화합하는 방식에 관해 충고해주십사고 기원했습니다.

제우스는 보호해달라는 선의 요구를 들어주었고 이어서 명령했습니다. 장차 너는 떼를 지어 한꺼번에 인간들 사이로 들어가면 적개심이 강한 악의 공격을 받게 될 터이니 그러지 말고 단신으로 눈에 띄지 않게, 그것도 드문드문 시간의 간격을 두고 예상치 못하는 시간을 골라 인간들 속으로 들어가라는 것이었습니다.

이런 이유로 지구는 악으로 가득 차게 된 것입니다. 왜냐하면 악은 제 마음이 내키는 대로 왔다 가며, 가도 절대로 멀리 가지 않는다는 것이었습니다.

반면 아쉽게도 선은 다만 하나씩 하나씩 나타나며 하늘에서부터 먼 길을 여행하고 와야 되기 때문에 어쩌다가 한 번씩 우리 눈에 띈다는 말입니다.

교훈
선행은 익명으로 소리 없이.*

25
토끼와 개구리

토끼들이 함께 모여 자신들의 불행한 운명을 통탄했습니다. 그들은 사방에 널린 위험에 노출된 데다 자신들의 목숨을 지탱할 힘도 없고 용기도 없었기 때문이었습니다. 인간, 개, 새, 그 밖에도 많은 포식자들이 토끼들의 적이어서 매일같이 토끼들을 죽이고 삼켰습니다. 그리하여 그러한 박해를 더 참고 사느니 차라리 모두는 그들의 비참한 삶을 종식시키기로 결심했습니다. 그들은 단호한 결심을 하고 물속으로 몸을 던지려고 이웃에 있는 연못을 향해 일제히 달려갔습니다. 제방 위에는 많은 개구리들이 앉아 있었는데, 그들은 뛰어오는 토끼들이 내는 소음을 듣자 일제히 물로 뛰어들어 깊은 곳에 몸을 숨기는 것이었습니다. 그러자 다른 토끼들보다 지혜가 있고 나이도 지긋한 토끼가 동료들을 향해 소리쳤습니다.

"여러 친구들, 발을 멈추시오. 용기를 가지시오. 결국 자살하지 맙시다. 여길 보시오! 여기에 우리를 무서워하고 우리보다 더 겁이 많은 피조물들이 있는 것을 보십시오."

교훈
위만 보지 말고 아래도 보고 살자.

26
여우와 황새

여우가 황새를 저녁만찬에 초대했는데, 거기서 나온 식사는 크고 평평한 접시 바닥에 깔린 묽은 죽뿐이었습니다. 여우는 맛있게 그것을 홀랑 핥아먹었습니다. 그러나 황새는 긴 부리로 그 맛있는 죽을 좀 먹어보려고 노력했지만 허사였습니다. 분명 황새가 곤경에 빠진 것이 여우에게는 큰 즐거움을 안겨주었습니다.

그러나 얼마 후 이번에는 황새가 여우를 초대하고는 여우 앞에다 길고 좁은 목이 달린 주전자를 놓아주었습니다. 황새는 쉽게 부리를 그 주전자 속으로 집어넣을 수 있었지요. 이처럼 황새가 만찬을 즐기는 동안 여우는 배를 곯으며 속절없이 앉아 있었습니다. 그 식기에 담긴 구미가 동하는 내용물에 입을 대는 것은 불가능한 일이었습니다.

교훈

남을 푸대접하는 자들은 그 대가로 자기도 푸대접받을 것을 예상해야 한다.
오는 정이 고와야 가는 정도 곱다.

27
양가죽을 쓴 늑대

늑대 한 마리가 발각될 염려 없이 한 무리의 양들을 잡아먹으려고 변장하기로 결심했습니다. 그래서 그놈은 양가죽으로 몸을 감싸고 양들이 초원에 나와 있을 때 그 사이에 살짝 끼어들었습니다. 늑대는 목동을 완전히 속였고 저녁이 되어 양 떼를 우리 속으로 몰아넣을 때 양들과 같이 우리에 갇혔습니다. 바로 그날 밤 공교롭게도 식탁에 양고기를 올릴 필요가 생긴 목동은 양으로 잘못 알고 늑대를 잡아가지고는 그 자리에서 칼로 그것을 죽였습니다.

교훈
교활한 자는 제 꾀에 넘어가는 법이다.*

28
소외양간에 들어온 수사슴

사냥개들에게 쫓겨 굴에서 뛰어나온 수사슴 한 마리가 어떤 농장으로 피신했습니다. 많은 소들이 각각의 칸막이에 갇혀 있는 외양간에 들어간 수사슴은 빈 칸막이의 건초 더미 속으로 헤치고 들어가 건초 밑에 몸을 숨기고 누웠습니다. 그런데 뿔의 끝자락은 드러난 상태였습니다. 이윽고 소 한 마리가 그에게 말했습니다.

"무슨 바람이 불어 여기로 들어왔니? 목동에게 붙잡힐지도 모르는 위험한 모험을 하고 있다는 걸 모르니?"

그 말에 수사슴이 대답했습니다.

"당분간 나를 여기에 있게 허락해줘. 밤이 되면 어둠을 틈타서 난 쉽게 도망칠 테니까."

그날 오후 내내 일꾼들 몇 명이 외양간으로 들어와 소들에게 필요한 것을 제공해주었지만 누구도 수사슴이 그곳에 있다는 것을 눈치 채지 못했습니다. 따라서 수사슴은 자신의 탈주를 자축하기 시작했으며 소들에게 감사했습니다. 그러자 아까 입을 열었던 소가 말했습니다.

"우리는 네가 안전하기를 바라. 하지만 너는 아직 위험에서 벗어나지 못했어. 주인님이 여기 오시면 넌 분명 발각될 거야. 주인님의 날카로운 눈을 피할 길은 없다는 말이야."

아니나 다를까 얼마 안 있어 주인이 들어왔는데, 그는 소들이 보살핌을 잘 받고 있나 살피더니 불만을 털어놓으며 요란을 떨었습니다. 그는 소리쳤습니다.

"이것들이 다 굶어죽어가는군. 자, 여기, 소들에게 건초를 더 줘라. 그리고 밑에 깔짚을 많이 깔아라."

그렇게 말하는가 싶더니 주인은 손수 수사슴이 숨어 있는 건초더미에서 건초를 한 아름 안아들었습니다. 그 순간 주인은 수사슴을 보았습니다. 주인은 일꾼들을 불러 즉시 사슴을 붙잡아 식탁용으로 도살했습니다.

교훈
주인의 눈은 피하기 어려운 법이다.

29
우유 짜는 소녀와 들통

   농부의 딸이 젖소의 젖을 짜러 나갔습니다. 그러고는 짠 젖을 담은 들통을 머리에 이고 착유장에서 돌아오는 길이었습니다. 걸어오는 도중 그녀는 깊은 생각에 잠겨버렸습니다.
   "이 들통에 담은 젖은 나에게 크림을 줄 것이고 난 그걸 버터로 만들어 장에 가지고 나가 팔아야지……. 판 돈으로는 많은 달걀을 사서 그것들이 부화되면 병아리들이 나오겠지. 얼마 있으면 난 꽤 큰 닭 농장을 갖게 될 거야. 그러면 닭들을 좀 팔게 될 것이고 거기서 나온 돈으로 새 가운을 사서 축제에 갈 때 입어야지. 그러면 모든 젊은 남자들이 탄복하며 다가와서 사랑을 구걸하겠지. 흥, 그렇지만 난 콧대를 세우고 그들에게 아무 말도 하지 않을 거야."
   들통에 대해서는 까맣게 잊고 자신의 말에 동작으로 장단을 맞추다가 그만 머리를 초싹였던 것입니다. 들통은 머리에서 떨어지면서 모든 젖을 흘리고 말았습니다. 동시에 그녀의 멋진 공중누각은 순식간에 온데 간데 없었습니다.

교훈
부화되기 전에 병아리 수를 세지 마라.
김칫국부터 마시지 마라.*

30
돌고래와 고래와 잔챙이 청어

돌고래들이 고래들과 말다툼을 하다가 이윽고 서로 치고받는 싸움이 벌어졌습니다. 그 싸움은 몹시 치열해지면서 그칠 기미도 없이 오래 지속되었습니다. 그때 잔챙이 청어 한 마리가 나타나 제가 그 싸움을 중지시킬 수 있다고 생각하여 싸움판 안으로 들어와, 싸움을 그치고 화해를 하도록 노력했습니다. 그러나 돌고래 한 마리가 멸시하는 투로 잔챙이에게 말했습니다.

"너 같은 잔챙이의 화해 제의를 받아들이느니 양쪽 다 죽을 때까지 차라리 싸울 테다, 인마!"

교훈
어떤 보잘것없는 자들은 남의 싸움에 끼어들 때 자신들이 굉장한 인물이나 된 것처럼 행세한다.

31
여우와 원숭이

여우와 원숭이가 함께 길을 가다가 둘 중 누가 더 뼈대 있는 집안 출신인가를 두고 말싸움이 붙었습니다. 말싸움이 얼마 동안 지속되었을 때 그들은 묘비로 가득 찬 공동묘지 사이 길을 통과하게 되었습니다. 그때 원숭이는 발걸음을 멈추고 주위를 둘러보면서 땅이 꺼져라고 큰 한숨을 내쉬었습니다.

"왜 한숨을 쉬는 거지?"

여우가 물었습니다. 원숭이는 무덤들을 가리키며 대답했습니다.

"여기 보이는 모든 묘비들은 우리 조상님들을 추모하여 세워진 거야. 우리 조상님들은 생전에 저명한 분들이셨거든."

여우는 잠시 말이 없다가 얼른 정신을 가다듬고 말했습니다.

"친구야, 그 거짓말 끊지 마. 아무 일 없을 테니까. 자네 조상 중에서 아무도 벌떡 일어나 그 거짓말을 폭로하지 않을 테니까."

교훈

자기 자랑하는 자들은 탄로나지 않을 때 더 으쓱댄다.

32
나귀와 애완견

예전에 있던 일인데, 나귀와 애완견을 가진 사람이 있었습니다. 나귀는 풍부한 귀리와 건초를 제공받고 잠자는 곳은 외양간이었습니다. 그래서 나귀로서는 어느 나귀 못지않게 유복하게 지냈습니다.

작은 애완견은 주인의 극진한 사랑을 받았습니다. 주인은 그 강아지를 쓰다듬어주고 자주 자기 무릎 위에 눕도록 허락했으며, 밖에 식사하러 나가는 기회가 생기면 개에게 주려고 으레 한두 점 맛있는 먹거리를 가져다주곤 했는데, 그럴 때마다 강아지는 돌아오는 주인을 맞이하러 달려 나가곤 했습니다.

사실 나귀는 곡식을 나르거나 빻는 일, 농장의 짐을 운반하는 일 등 할 일이 태산 같았습니다. 그리하여 얼마 지나지 않아 나귀는 자신의 고된 생활과 강아지의 편히 빈둥거리는 생활을 비교하고는 질투가 끓어올랐습니다.

마침내 나귀는 고삐를 끊고 주인이 밥상머리에 막 앉았을 때 집 안으로 뛰어들어가 집 안 여기저기를 껑충껑충거리며 신나게 뛰놀면서 작은 귀염둥이 강아지의 신나는 장난을 흉내 내듯 어색한 동작으로 탁자를 엎고 오지그릇을 부수었습니다. 그래도 성이 차지 않았던지 나귀는 강아지가 허락받고 하는 것을 자주 본 대로 심지어 주인의 무릎 위로 뛰어오를 태세였습니다.

이쯤 되자 주인이 처한 위험을 본 하인들이 막대기와 몽둥이로 바보 같은 나귀를 세게 후려치고 반쯤 죽도록 두들겨 겨우 외양간으로 몰고 갔습니다. 그제야 나귀는 울부짖었습니다.

"아이고! 이건 내가 자초한 것이구나. 그놈의 좁쌀만 한 강아지의 우스꽝스런 몸짓을 흉내 내고 싶어 안달하지 말고 원래의 점잖은 위치에 내가 왜 만족할 수 없었는지 몰라."

교훈

제 꼬락서니를 알아라. (또는 주제파악 못 하는 것이 나귀뿐이랴.)*

33
전나무와 가시나무

전나무가 가시나무에게 자랑하고 있었습니다. 전나무는 약간 상대방을 멸시하듯 말했습니다.

"불쌍한 것아. 너는 아무 쓸모가 없는 놈이야. 그런데 나를 보라구. 난 모든 일에 유용하게 쓰여. 특히 사람들이 집을 지을 때 그렇지. 그럴 때는 나 없이는 안 되거든."

그러나 가시나무가 대답했습니다.

"아, 그건 다 잘된 일이야. 하지만 기다려보라구. 인간들은 도끼와 톱을 가지고 와서 너를 잘라 쓰러뜨릴 거야. 그때 가서야 너는 전나무가 아니라 가시나무였으면 할 거다."

교훈
많은 의무를 짊어진 부유함보다 골칫거리가 없는 가난함이 더 낫다.

34
태양을 향한 개구리의 불평

　옛날 옛적에 태양이 아내를 맞이할 참이었습니다. 놀란 개구리들은 일제히 하늘을 향해 목청을 높였습니다. 제우스 신은 그 시끄러운 소음에 방해를 받자 왜 너희들은 그렇게 개골대느냐고 물었습니다. 개구리들이 대답했습니다.
　"태양은 독신으로 있으면서도 보시다시피 그 뜨거운 열을 뿜어 우리의 늪을 말려버리면서 못된 짓을 하고 있습니다. 그런데 그가 결혼해서 다른 새끼 태양들을 낳으면 우리는 어떻게 되겠습니까?"

교훈
태양을 포함한 자연의 만상 각각에 대해 서로 판이한 평가가 있을 수 있다.*

35
개와 수탉과 여우

개와 수탉이 절친한 친구가 되어 함께 여행하기로 했습니다. 밤이 되었을 때 수탉은 잠자리에 들려고 나뭇가지 사이로 날아올랐고 개는 속이 빈 나무둥치 안에 몸을 쪼그리고 있었습니다. 동이 트자 수탉은 평상시처럼 눈을 뜨고 꼬꼬 하고 울었습니다. 여우 한 마리가 그 소리를 듣고 수탉으로 아침식사를 하고 싶어 다가와서 나무 밑에 서더니 수탉에게 내려오라고 간청했습니다.

"나는 그렇게 아름다운 목소리를 가진 친구와 사귀고 싶거든."

여우가 말했습니다.

수탉이 대답했습니다.

"네가 지금 나무 밑동에서 자고 있는 내 문지기를 좀 깨워주겠니? 그가 문을 열어 너를 들여보낼 거다."

그래서 여우는 나무 몸통을 긁어 노크를 대신했습니다. 그러자 개가 벼락같이 달려나와 여우를 갈기갈기 찢어놓았습니다.

교훈

남을 잡으려고 덫을 놓은 사람은 흔히 제가 만든 덫에 걸린다.

36
모기와 황소

　모기 한 마리가 황소의 한쪽 뿔 위에 앉더니 상당히 오랜 시간을 그곳에 머물렀습니다. 충분한 휴식을 끝내고 막 날아가려 하면서 황소에게 말했습니다.
　"이제 내가 가도 괜찮겠니?"
　황소는 겨우 눈만 치켜뜨더니 별 관심도 없다는 듯 말했습니다.
　"나한테는 모두가 한가지야. 나는 네가 오는 것도 몰랐고 네가 언제 가는지도 몰라."

교훈
이웃의 눈으로 보는 것보다 자신의 눈으로 볼 때 우리는 중요한 인물로 비춰지기 쉽다.

37
곰과 여행자들

두 사람이 함께 여행길에 올랐는데, 곰 한 마리가 갑자기 그들 앞에 나타났습니다. 곰이 그들을 자세히 보기도 전에 한 여행자는 길가에 있는 나무로 달려가 가지 속으로 기어올라 몸을 숨겼습니다. 또 다른 여행자는 동료만큼 민첩하지 못했습니다. 도망할 수 없게 되었을 때 그는 땅에 엎드려 죽은 체했습니다. 곰은 다가와서 냄새 맡으며 그의 둘레를 한 바퀴 돌았습니다. 그러나 여행자는 꼼짝 않고 숨을 죽이고 있었습니다. 곰은 죽은 시신은 건드리지 않는다는 이야기가 있었기 때문이었지요. 곰은 그를 시체로 오인하고 그 자리를 떠나버렸습니다.

여행을 방해할 자가 없어졌을 때 나무에 올라갔던 여행자가 내려와 곰이 당신 귀에다 입을 대던데 그때 곰이 뭐라고 속삭였느냐고 물었습니다. 상대방이 대답했습니다.

"위험을 보자마자 자리를 떠서 친구를 버리는 사람하고는 다시는 같이 여행하지 말라고 말하더군."

교훈
불운의 도래는 우정의 진실을 가늠하는 척도가 된다.

38
노예와 사자

한 노예가 있었습니다. 주인에게 너무 잔혹한 대우를 받다 도주한 그는 잡힐까 무서워 사막으로 갔습니다. 음식과 피신처를 찾아 이리저리 배회하던 중 노예는 어느 동굴 앞에 이르렀고 그리로 들어가 보았더니 아무도 없는 빈 굴이었습니다. 그러나 사실인즉 그곳은 사자의 굴이었습니다. 더 들어가자 곧 이 불쌍한 도망자를 기겁하게 만드느라 사자가 나타났던 것입니다. 노예는 이제 죽었구나 하고 자포자기가 되었습니다.

그러나 아주 놀랍게도 사자는 달려들어 그를 잡아먹는 대신 그에게 다가와 앞에서 아양을 떨며 동시에 우는 소리를 내면서 그 앞발을 들어올리는 것이었습니다. 앞발이 통통 부었고 곪은 것을 본 노예는 그곳을 자세히 살펴서 발바닥의 동그란 부위에 큰 가시가 박혀 있는 것을 발견했습니다. 곧 노예는 그 가시를 제거하고 상처 부위를 자기 능력껏 붕대로 처매주었습니다. 시간이 지나자 상처 부위는 완전히 나았습니다. 사자는 무한히 큰 감사함을 느꼈습니다. 사자는 그 인간을 친구로 여겨 둘이는 얼마 동안 함께 동굴에서 살았습니다.

머지않아 노예에게는 동료 인간들이 사는 세상이 그리워지는 때가 왔습니다. 그리하여 그는 사자와 작별하고 도시로 돌아왔습니다.

그러나 곧 발각되어 사슬에 묶인 채 전 주인 앞으로 끌려갔습니다. 주인은 이 노예를 본보기로 만들기로 결심하고 원형극장에서 벌어지는 다음번 공연 때 맹수들 앞에 그 노예를 던지라고 명령했습니다.

숙명의 날이 되자 맹수들을 광장에 풀어놓았는데, 그 맹수들 사이에는 거대한 몸집과 무서운 용모를 한 사자 한 마리가 끼어 있었습니다. 불쌍한 그 노예는 맹수들 사이로 던져지고 말았습니다. 그때 관중을 놀라게 하는 일이 일어났습니다. 그 거대한 사자가 노예를 한 번 힐끗 보더니 그 앞으로 달려와 온갖 애정과 기쁨을 표시하며 그의 발밑에 눕는 것이었습니다. 그 사자는 바로 동굴에서 같이 살았던 노예의 옛 친구였습니다. 관객들은 노예를 살려주어야 한다고 외쳤습니다. 그러자 그 도시의 총독은 한 짐승이 감사하는 마음과 의리를 가진 것에 놀라서 노예와 사자 둘 다에게 자유를 주라고 명령했습니다.

교훈
조그만 선행은 큰 보답으로 돌아올 수 있다.●
의리는 아름답고 감동을 준다.●

39
벌과 제우스

여왕벌 한 마리가 제우스 신에게 줄 선물로 벌통에서 갓나온 신선한 꿀을 가지고 히메투스 산에서 올림푸스로 날아 올라갔습니다. 제우스는 그 선물을 받고 어찌나 기뻤던지 여왕벌의 부탁이라면 무엇이나 들어주겠다고 약속했습니다. 여왕벌은 벌들에게서 꿀을 강탈해가는 인간들을 죽이도록 벌들에게 침을 하사해주셨으면 감사하겠습니다 하고 말했습니다. 제우스는 이 요청을 듣고 몹시 불쾌했습니다. 그것도 그럴 것이 제우스 신께서는 인간들을 사랑했기 때문이었습니다. 그러나 제우스 신은 이미 약속한 터라 벌들에게 침을 갖도록 해주겠다고 말했습니다. 그러나 그가 벌들에게 준 침은 한 번 사용하면 침이 그 찌른 부위에 남고 벌은 죽게 되는 그런 특성을 가진 것이었습니다.

교훈
악한 소원은 홰에 오르려고 제 집으로 돌아오는 닭들처럼 소원한 당사자에게 되돌아온다.

40
벼룩과 인간

벼룩 한 마리가 어떤 사람을 물고 또 물고 다시 물었습니다. 급기야 그 사람은 더는 참을 수 없어서 샅샅이 뒤지며 벼룩의 소재를 찾은 끝에 결국 그놈을 잡는 데 성공했습니다. 벼룩을 엄지와 집게손가락으로 쥐고 나서 그는 말했습니다. 아니 어찌나 화가 났던지 외쳤다는 편이 옳습니다.

"이 가증스런 꼬마녀석아. 넌 누구기에 내 몸을 마음대로 사용하느냐?"

벼룩은 겁을 먹고는 작고 힘없는 목소리로 흐느끼듯 말했습니다.

"오, 어르신, 제발 저를 놓아주세요. 저를 죽이지 마세요. 저는 하도 작은 미물이라 어르신께 별 큰 피해를 줄 수 없어요."

그러나 그 사람은 웃으며 말했습니다.

"난 너를 지금 당장 죽이겠다. 아무리 작은 피해를 준다 하더라도 나쁜 것들은 모두 죽여야 해."

교훈
건달들에게 주는 동정은 낭비다.

41
참나무와 갈대

　강둑 위에서 자라던 참나무 한 그루가 돌풍으로 인해 뿌리가 뽑히면서 강물을 가로질러 넘어졌습니다. 그것은 물가에서 자라는 몇몇 갈대 사이에 엎어진 상태였습니다. 참나무는 갈대들에게 말했습니다.
　"이렇게 강한 힘을 가졌는데도 나는 뿌리가 찢어져 강물에 팽개쳐진 신세인데, 그렇게 허약하고 호리호리한 너희들이 폭풍을 용케도 피한 것은 어찌된 일이지?"
　"너는 고집불통이야. 그래서 폭풍과 대적해 싸웠지? 결국 폭풍이 너보다 강하다는 게 판명된 거지? 하지만 우리는 작은 미풍에도 고개를 숙여 굴복하거든. 이래서 강풍도 아무 해를 끼치지 않고 우리 머리 위로 지나가는 거라구."

교훈
인간은 자신의 처한 처지를 받아들이고 우월한 힘에 굴복할 줄도 알아야 한다. 돌부리는 차지 말고 피하는 것이 현명하다.

42
맹인과 새끼 이리

 옛날에 한 맹인이 살았는데, 그는 어찌나 민감한 촉각을 지녔던지 어떤 짐승이라도 그의 손에 쥐어주면 그 감촉만으로 그게 무슨 짐승인지 알아맞혔습니다. 어느 날 새끼 이리를 그의 손에 놓아주면서 이게 무엇이냐고 물었습니다. 맹인은 잠시 그것을 더듬어보더니 말했습니다.
 "새끼 늑대인지 새끼 여우인지 확실치 않군. 하지만 이걸 양 우리 속에 안심하고 들여놓으면 안 된다는 것만은 알겠군요."

교훈
악한 성향은 떡잎부터 나타난다.

43
소년과 달팽이

한 농부의 아들이 달팽이를 잡으러 나섰는데, 양손 가득히 달팽이를 잡아가지고는 그것들을 구우려고 불을 피우기 시작했습니다. 불길이 제대로 오르고 열기가 느껴지자 달팽이들은 불에 닿을 때 늘 그렇듯 휘휘 하는 소리를 내며 차츰차츰 껍질 속으로 더 깊숙이 몸을 움츠렸습니다. 그 소리를 들은 소년은 말했습니다.

"너희 집이 불타는데 휘파람 불 용기가 어디서 나냐? 파렴치한 놈들 같으니!"

교훈
인간은 자신의 잣대로 사물을 평가한다.

44
원숭이들과 두 여행자

두 남자가 함께 여행을 했는데, 그 중 한 명은 결코 진실을 말하지 않는 사람이고 반면 또 한 사람은 절대로 거짓말을 하지 않는 사람이었습니다. 여행 중 그들은 원숭이들이 사는 땅에 도달했습니다. 원숭이들의 왕은 그들이 도착했다는 소식을 듣고 자기 앞으로 그들을 데려오라고 명령했습니다. 자신의 위용에 여행자들이 감명을 받도록 하려고 왕은 왕좌에 앉은 채 그들을 맞았으며 그의 신하 원숭이들은 왕의 양편에 도열하여 길게 늘어서 있었습니다. 여행자들이 왕 앞으로 왔을 때 왕으로서의 자기를 어떻게 생각하느냐고 그들에게 물었습니다. 거짓말쟁이 여행자는 입을 열었습니다.

"폐하, 폐하께서는 매우 고귀하시고 강력한 군주이십니다."

왕은 질문을 계속했습니다.

"짐의 신하들을 어떻게 생각하는고?"

여행자는 대답했습니다.

"신하들도 모든 면에서 고귀하신 군주를 모시기에 손색이 없사옵니다."

그러자 원숭이 왕은 그의 대답에 너무나 기쁜 나머지 거짓말쟁이에게 풍성한 선물을 주었습니다. 또 다른 여행자는 그의 동료가 거짓말을 했는데도 그렇게 훌륭한 상을 받았으니 자기가 진실을 말하면 그에 대해 더욱 큰 보상을 받을 것이라고 생각했습니다. 그리하여 왕이 고개를 그의 쪽으로 돌려 "그대의 의견은 어떤가?" 하고 물었을 때 그 고지식한 여행자는 대답했습니다.

"당신은 매우 훌륭한 원숭이이며 당신의 모든 신하들도 훌륭한 원숭이들입니다."

원숭이 왕은 그의 대답에 머리끝까지 화가 났기 때문에 그를 끌어내어 발톱으로 할퀴어 죽이라고 명령했습니다.

교훈
진리가 너를 자유롭게 하리라는 가르침이 통하지 않을 때가 있다.*

45
나귀와 짐

나귀 한 마리를 소유한 어떤 행상이 어느 날 많은 소금을 구입하고는 나귀가 감당할 수 있는 한도까지 그 등에 실었습니다. 귀가 중 냇물을 건너다가 비틀하는 순간 나귀는 물속으로 넘어졌습니다. 소금은 다 젖어버리면서 상당 부분이 흘러 빠져나갔습니다. 그리하여 다시 네 발로 일어섰을 때 나귀는 등에 진 짐이 훨씬 가벼워진 것을 알았습니다. 그러나 주인은 나귀를 다시 읍내로 몰고 가서 소금을 더 구입하고는 짐바구니에 남아 있던 것에 합쳐 실었습니다. 그러고는 다시 길을 떠났습니다.

그들이 시냇물에 당도하자 나귀는 물속에 누웠다가 전처럼 훨씬 가벼워진 짐을 짊어진 채 일어났습니다. 그러나 주인은 나귀의 잔꾀를 알아차리고 다시 길을 되돌아가서 이번에는 많은 분량의 스펀지를 구입하여 나귀 등에 쌓아올렸습니다. 그들이 시냇물에 당도했을 때 나귀는 다시 누웠습니다. 그런데 이번에는 스펀지가 대량의 물을 빨아들였기 때문에 네 다리로 몸을 일으켰을 때 나귀는 전보다 훨씬 큰 짐을 지고 있다는 것을 깨달았습니다.

교훈
한 번 통한 수법을 너무 자주 써먹어서는 안 된다.

46
양치기 소년과 늑대

한 양치기 소년이 마을 근처에서 양 떼를 돌보았는데, 늑대가 양 떼를 공격하는 것처럼 가장하여 마을사람들을 속이면 재미있을 것이라고 생각했습니다. 그래서 소년은 소리쳤습니다.

"늑대다! 늑대!"

이리하여 사람들이 몰려오자 소년은 그들의 헛수고를 바라보며 깔깔대고 웃었습니다. 소년은 그 짓을 여러 번 되풀이했습니다. 달려올 때마다 자기들이 속았다는 것을 마을사람들은 알게 되었습니다. 늑대는커녕 아무것도 없었기 때문이었지요.

마침내 정말로 늑대가 나타났습니다. 그리하여 소년은 "늑대다! 늑대!" 하고 목청껏 외쳤습니다. 그러나 사람들은 그가 외치는 소리를 듣는 데 너무 습관이 깊게 들어 구조를 요청하는 소년의 외침을 아랑곳하지 않았습니다. 그리하여 늑대는 제멋대로 할 수 있어서 느긋하게 양들을 하나씩 하나씩 잡아 죽였습니다.

교훈

진실을 말할 때조차 우리는 거짓말쟁이를 믿지 못한다.

47
여우와 염소

여우가 우물에 빠져서 다시 나올 수 없었습니다. 이윽고 목이 탄 염소 한 마리가 그곳을 지나다가 우물 속의 여우를 보고 그 물 맛이 좋냐고 물었습니다.

"좋냐구? 이건 내가 평생 맛본 물 중에서 제일 좋은 물이야. 내려와서 너도 직접 마셔보라구."

여우가 말했습니다.

염소는 타는 갈증이 가시게 될 것이라는 전망 이외에는 아무 생각도 못 하고 즉시 우물로 뛰어들었습니다. 실컷 마시고 나서 염소는 여우와 다름없이 우물에서 나갈 방법을 찾아 주위를 둘러보았습니다. 그러나 아무 방법을 찾을 수 없었습니다. 이윽고 여우가 말했습니다.

"나한테 생각이 있어. 넌 뒷다리로 서서 앞다리로 벽면을 힘껏 누르고 있으라구. 그러면 나는 네 등을 타고 올라가 거기서부터 네 뿔을 밟고 나갈 수 있거든. 내가 나가면 너도 나오도록 도와줄게."

염소는 요청대로 했습니다. 여우는 염소의 등으로 올라가서는 우물 밖으로 나갔습니다. 그리고 나서 여우는 냉담하게 그곳을 떠났습니다. 염소는 큰 소리로 여우를 부르면서 나가도록 돕겠다던 약속을 상기시켰습니다. 그러나 여우는 그냥 고개만 돌려 대답하는 것이었습니다.

"네 턱에 수염을 가진 만큼 네 머리에 지각이 있었다면 다시 나갈 수 있는가를 확인하지도 않고 우물로 뛰어들지는 않았을 거다."

교훈
뛰기 전에 살펴라.

48
어부와 잔챙이 청어

어부가 그물을 바다에 던졌다가 다시 끌어올렸을 때 그 속에는 겨우 한 마리의 잔챙이 청어가 걸려 있었습니다. 그 잔챙이는 다시 물속으로 돌려보내달라고 애원했습니다. 잔챙이 청어는 말했습니다.

"전 지금은 작은 잔챙이에 불과하지만 장차 어느 날 크게 자라서 어부님께서 다시 오셔서 저를 잡으시면 꽤 쓸모가 있을 겁니다."

그러나 어부가 대답했습니다.

"그건 아니지. 너를 잡은 지금 난 너를 가져가야 해. 너를 돌려보내면 널 다시 볼 날이 있을까? 그건 어림도 없는 소리지!"

교훈

불확실한 이득을 위해 확실히 손에 쥔 이득을 포기하는 것은 바보짓이다.

49
뻐기는 여행자

예전에 한 사나이가 여행 차 해외에 나갔는데, 돌아와서는 외국 여러 나라에서 자기가 하고 다닌 여러 가지 일을 말할 멋진 이야깃거리를 갖게 되었습니다. 무엇보다 로데스라는 곳에서 열린 높이뛰기 대회에 참가했는데, 아무도 자기를 이길 수 없었다고 말하는 것이었습니다.

"로데스에 가서 그곳 사람들에게 물어보세요. 모든 사람들은 내 말이 사실이라고 말해줄 겁니다."

그 사나이가 말했습니다.

가만히 듣고 있던 사람들 중 한 사람이 말했습니다.

"당신이 그렇게 높이뛰기를 잘하면 그걸 입증하러 우리가 로데스까지 갈 필요는 없어요. 잠시 여기가 로데스라고 상상해봅시다. 그리고 자, 뛰어보세요!"

교훈
말이 아니라 행동으로!

50
게와 어미 게

한 늙은 게가 아들 게에게 말했습니다.
"아들아, 넌 왜 그렇게 옆으로 걷니? 넌 좀 똑바로 앞으로 걸어야 돼."
어린 게가 대답했습니다.
"엄마, 어떻게 하는지 방법을 보여주세요. 난 엄마의 시범을 보고 따라 할게요."
늙은 어미 게는 해보려고 노력하고 노력했지만 다 허사였습니다. 그러고 나서야 어미 게는 자식을 헐뜯은 것이 얼마나 바보스러웠던가를 깨달았던 것입니다.

교훈
시범이 훈시보다 낫다.

51
나귀와 나귀의 그림자

어느 남자가 여름 여행을 하려고 나귀를 빌려 길을 떠났습니다. 나귀의 주인도 그 짐승을 몰려고 뒤따랐습니다. 얼마 후 대낮의 뙤약볕 속에서 그들은 쉬려고 발걸음을 멈췄습니다. 그러자 여행자는 나귀의 그림자 속에 눕고 싶었습니다. 그런데 햇볕을 벗어나고 싶었던 나귀 주인은 여행자가 그렇게 하는 것을 허용하지 않았습니다. 그리하여 나귀 주인은 말하기를 손님께서는 나귀를 빌렸을 뿐 나귀의 그림자는 빌리지 않았잖느냐는 것이었습니다. 그러나 계약상으로는 빌린 쪽이 지정된 기간 동안 나귀를 마음대로 다룰 수 있는 권리가 보장된 것 아니냐고 여행자가 말했습니다. 말로 다투다가 그들은 주먹싸움을 시작하기에 이르렀습니다. 그들이 서로 치고받는 사이에 나귀는 도망치고 곧 그 모습도 보이지 않았습니다.

교훈

사물의 그림자를 놓고 논쟁하다가 우리는 사물의 본질을 망각하기 쉽다.

52
농부와 아들들

죽음의 문턱에서 매우 중요한 어떤 비밀을 아들들에게 전하고 싶었던 한 농부는 아들들을 가까이 불러 말했습니다.

"아들들아, 나는 곧 죽을 것이다. 그래서 우리 포도밭에는 숨은 보물이 누워 있다는 것을 너희들이 알기 바란다. 파보면 그것을 발견할 것이다."

아버지가 죽자마자 아들들은 삽과 쇠스랑을 들고 포도밭 흙 속에 묻혀 있다고 생각되는 그 보물을 찾아서 포도밭 흙을 여러 번 되풀이하여 뒤엎었습니다. 그러나 그들은 아무것도 찾지 못했습니다. 그러나 그렇게 철저히 흙을 파헤친 후 포도넝쿨들에서 전에 본 적이 없는 풍성한 수확을 해냈습니다.

교훈
열심히 일하면 훌륭한 수확이라는 보물을 얻을 수 있다.

53
개와 요리사

　옛날에 어떤 부자가 많은 친구와 친지를 잔치에 초대했습니다. 그 집에서 기르는 개가 있었는데, 그 개도 다른 개, 즉 제 친구 하나를 초대할 좋은 기회가 될 것이라고 생각했습니다. 그래서 주인 집 개는 친구에게 가서 말했습니다.
　"우리 주인이 잔치를 베풀 예정이거든. 맛있는 음식이 있을 테니 오늘 밤에 와서 나와 함께 먹자구."
　이렇게 해서 초대받은 개가 오게 되었습니다. 부엌에서 음식 준비가 진행되는 것을 보았을 때 초대받은 개는 속으로 말했습니다.
　"정말이지 난 운이 좋군. 앞으로 이삼 일은 먹지 않아도 될 만큼 오늘 밤 실컷 먹어둬야지."
　동시에 그 친구는 초대받아 매우 기쁘다는 것을 친구에게 표시하느라 꼬리를 경쾌하게 흔들었습니다. 그러나 바로 그때 요리사가 그를 보았습니다. 부엌에 들어온 낯선 개를 보자 약이 오른 요리사는 그놈의 뒷다리를 잡더니 창밖으로 내동댕이쳤습니다. 친구 개는 세차게 낙하하더니 땅에 부딪히는 순간 비참하게 울부짖으며 걸음아 나 살려라 하고 있는 힘껏 절름거리며 달아났습니다. 얼마 후 다른 개 몇 마리가 그 친구를 만나자 말했습니다.
　"어떤 음식 얻어먹었냐?"

그 질문에 잔칫집에 갔던 개가 대답하는 것이었습니다.
"멋진 시간을 즐겼지. 포도주가 어찌나 맛있던지 그걸 잔뜩 마셨더니 내가 그 집에서 어떻게 나왔는지 도무지 기억이 안 나."

교훈
남의 돈으로 베푸는 호의를 조심하라.
인간은 창피당하고도 그것을 은폐하려는 허영심에서 벗어나지 못한다.

54
왕이 된 원숭이

모든 동물들이 모여 회의를 하던 중 원숭이 한 마리가 춤을 추며 좌중을 매우 즐겁게 했기 때문에 동물들은 그를 그들의 왕으로 옹립했습니다. 그러나 여우는 원숭이의 신분이 격상되는 것이 역겨웠습니다. 그리하여 어느 날 고깃점이 달린 덫을 발견하자 여우는 원숭이를 그리로 인도하고 나서 원숭이에게 말했습니다.

"폐하, 제가 발견한 맛있는 음식이 여기 있습니다. 이것은 우리 폐하를 위해 건드리지 말아야지 하는 생각이 들어 제가 입도 대지 않았습니다. 이 음식을 기꺼이 받으시겠습니까?"

원숭이는 지체 없이 그 고기로 돌진하더니 덫에 걸리고 말았습니다. 그런 후에야 원숭이는 자기를 위험으로 인도한 것에 대해 여우를 맹렬히 꾸짖었습니다. 그러나 여우는 깔깔대고 웃으며 이렇게 말할 뿐이었습니다.

"야, 원숭아, 넌 네 자신을 동물의 왕이라고 부르는데, 넌 그렇게 속아넘어갈 정도의 지각밖에 없는 놈이라구."

교훈
제 주제파악도 못 하고 으쓱대기만 하는 인간들이 있는 법이다.

55
도둑들과 수탉

도둑 몇 명이 어떤 집으로 잠입했는데, 수탉 한 마리 말고는 가져갈 가치가 있는 것은 찾지 못했습니다. 그들은 그 수탉을 잡아 들고 그곳을 떠났습니다. 저녁식사를 준비할 때 도둑 중 하나가 수탉을 잡아 올려 막 목을 비틀 참이었습니다. 그때 수탉은 자비를 애원하며 꼬꼬댁거렸습니다.

"제발 절 죽이지 마십시오. 제가 몹시 유용한 새라는 것을 알게 되실 겁니다. 저는 아침마다 울기 때문에 정직한 사람들을 잠에서 깨워 일터로 보내지 않습니까?"

그러나 그 도둑은 좀 화가 난 목소리로 대답했습니다.

"네 말 맞다, 이놈아. 넌 그 짓거리로 우리들을 먹고 살기도 힘들게 만들고 있는 줄 모르느냐? 이 냄비 속으로 들어가거나 해라!"

교훈
갑에게는 약이지만 을에게는 독이 되는 경우가 허다하다.

56
농부와 행운의 여신

어느 날 한 농부가 자기 밭에서 쟁기질하는 도중 쟁기로 금전이 담긴 항아리를 캐내게 되었습니다. 그는 그것을 발견하고 너무 기뻐서 그때부터 매일 하루도 거르지 않고 대지의 여신을 섬기는 신전에 봉납했습니다. 행운의 여신은 이것을 보고 기분이 상한 나머지 농부에게 와서 말했습니다.

"이 사람아, 너는 왜 내가 하사한 선물을 받고도 그 은공을 대지의 여신에게 돌리느냐? 너의 행운에 대해 너는 나에게 감사하다는 생각은 안 하고 있어. 하지만 네가 불운을 맞아 얻은 것 모두를 잃게 되면 넌 모든 것을 행운의 여신인 내 탓으로 돌릴 것은 뻔한 일 아니냐?"

교훈
마땅히 감사할 곳에 감사를 표하라.

57
제우스와 원숭이

제우스는 모든 짐승에게 포고령을 내렸는데, 내용인즉 제우스 판단에 가장 아름다운 새끼를 낳은 짐승에게 상을 주기로 한다는 제의였습니다. 이 경합에 참가한 짐승들 중에는 원숭이가 끼어 있었습니다. 그 원숭이는 털도 없고 납작한 코를 가진, 작은 흉물인 아기 원숭이를 팔에 안고 나타난 것이었습니다. 그 모습을 본 여러 신들은 모두 가가대소를 참지 못했습니다. 그러나 어미 원숭이는 어린것을 품에 꼭 껴안으며 말했습니다.

"제우스 신께서는 좋아하시는 누구에게든 상을 주셔도 좋습니다. 하지만 제 아기가 그들 모두 중에서 가장 아름다운 아기라고 전 늘 생각하고 있을 거예요."

교훈
곡식은 남의 밭 것이 잘 되어 보이고 자식은 자기 자식이 제일 잘나 보인다.

58
아버지와 아들들

어떤 아버지에게 몇 명의 아들들이 있었습니다. 아들들은 항상 서로 다투었기 때문에 아무리 노력해도 그 아버지는 아들들이 화목하게 같이 살도록 할 수 없었습니다. 그리하여 아버지는 그들이 우둔하다는 것을 깨우쳐주기로 결심했습니다. 방법은 이러했습니다. 막대기를 한 묶음 가져오라고 아들들에게 명령하고 아버지는 아들들을 한 명씩 차례로 불러 그 다발을 무릎 위에 대고 꺾어보라고 말했습니다. 모두가 시도했지만 모두 실패했습니다. 이번에 아버지는 그 다발을 풀어 아들들에게 막대기를 하나씩 건네주었습니다. 아들들은 막대기를 전혀 어려움 없이 부러뜨렸습니다. 그러자 아버지가 말했습니다.

"아들들아, 그것 봐라. 단결하면 너희들은 적들이 상대할 수 없는 강한 형제가 될 것이다. 그렇지 않고 싸우고 분열하면 너희들은 약해져서 너희들을 공격하는 자들의 밥이 될 것이다."

교훈
단결은 곧 힘이다.

59
램프

 기름이 가득한 램프 하나가 맑고 꾸준한 빛을 발하며 타고 있다가 자신이 해님보다 더 밝게 빛난다는 자만과 자랑으로 가슴이 부풀기 시작했습니다. 바로 그때 한 가닥 바람이 불어와 램프를 꺼뜨렸습니다. 어떤 사람이 성냥을 그어 다시 불을 붙여주며 말했습니다.
 "넌 그냥 불타고 있으면 돼. 해님이고 뭐고 생각하지 말고. 저런, 넌 지금 다시 불을 붙여야 하지만 저 별들을 봐라. 저 별들조차도 다시 불을 붙일 필요가 없지 않니?"

교훈
자신이 대단한 인물이라는 과대망상에 사로잡힌 자들을 우리는 흔히 본다.

60
부엉이와 새들

부엉이는 매우 현명한 새입니다. 아주 오랜 옛적에 최초의 참나무가 숲속에서 싹을 틔웠을 때 부엉이는 모든 새들을 불러 모아놓고 말했습니다.

"이 작은 나무 보고들 있니? 내 충고를 받아들인다면 이것이 이렇게 작을 때 없애야 될 거다. 왜냐하면 이것이 크게 자라면 겨우살이라는 식물이 이 나무 위에 나타나는데, 거기에서 너희들을 잡는 끈끈이가 나오기 때문이야."

또한 최초의 아마가 파종되었을 때 부엉이는 새들에게 말했습니다.

"가서 저 씨앗들을 죄다 먹어버려라. 저게 바로 아마의 씨니까. 저 아마로 너희들을 잡는 새 그물을 인간들이 만들 테니까."

최초의 활 쏘는 사람을 보았을 때 부엉이는 다시 한 번 새들에게 경고하기를 저 인간이 새들의 무서운 적이며 그는 깃털 달린 화살을 날려 너희들을 맞혀 떨어뜨릴 것이라고 설명했습니다. 그러나 새들은 부엉이의 말에 별로 관심을 쏟지 않았습니다. 사실 새들은 부엉이가 좀 실성한 것이라고 생각하고 부엉이를 비웃었습니다. 그러나 모든 것이 부엉이가 예언한 대로 되는 것이 판명되었을 때 그들은 생각을 바꾸고 부엉이에 대한 큰 존경심을 품게 되었습니다. 그 후

로 부엉이가 나타날 때마다 새들은 자기들에게 유익할지 모르는 무엇인가를 들을 희망으로 부엉이에게 시중을 들었습니다. 그러나 부엉이는 더는 그들에게 충고를 해주지 않고 앉아 자기가 속한 조류의 우둔함에 대해 시무룩하게 명상하는 것이었습니다.

교훈
들끓는 백치 같은 군상의 푸닥거리 앞에서 지혜로운 자는 말을 잃을 수밖에 없다.*

그리스 시대 이전부터 부엉이는 지혜를 상징하는 새였다는 것을 알려주며, 고대 그리스인들이 동물학이나 식물학에 얼마나 조예가 깊었는가를 암시하는 대목이다.*

61
암염소와 턱수염

제우스 신은 암염소들의 요청으로 암놈들에게 수염을 하사했는데, 그 결과 수컷들은 몹시 기분이 상했습니다. 수컷들은 이건 자신들의 권리와 위신에 대한 부당한 침범이라고 생각했기 때문이었습니다. 그리하여 수컷들은 대표단을 제우스 신에게 파견하여 제우스 신의 처사에 항의를 표했습니다. 그러나 제우스 신은 그들에게 여하한 반대도 하지 말라고 충고했습니다. 제우스 신은 말하는 것이었습니다.

"그까짓 한 무더기 털 속에 무엇이 들었다고 생각하느냐? 암컷들이 원하면 수염 따위 가지라고 하려무나. 암컷들은 힘에서는 너희 수컷들과 상대가 될 수 없느니라."

교훈
속이 허하고 능력 없는 자들이 원하면 완장이나 훈장이나 금배지를 달아줘도 좋다.*
동물의 외형에 대한 날카로운 관찰이 담긴 재담이다.*

62
사자 가죽을 뒤집어쓴 나귀

나귀 한 마리가 사자의 가죽을 발견하고 그것을 뒤집어씀으로써 한껏 차려 입었습니다. 그러고 나서 나귀는 만나는 모든 짐승들을 놀래주면서 돌아다녔습니다. 사람이건 짐승이건 다같이 나귀를 사자로 오인하고 그가 오는 것을 보면 줄행랑을 쳤으니까요. 이런 자신의 장난이 성공하자 우쭐해진 나귀는 큰 목소리로 의기양양하게 소리내어 나귀 울음을 나팔 불었습니다. 여우가 그 소리를 듣고 즉시 그것이 나귀라는 것을 알아차리고 나귀에게 말했습니다.

"오, 친구야, 자네 아닌가? 나도 자네 목소리를 듣지 않았더라면 겁에 질렸을 걸세."

교훈
자신에게 맞지 않는 역을 떠맡은 자들은 일반적으로 과장된 연기로 본색을 폭로한다.

63
늙은 사자

늙어서 허약해져 더는 완력으로 먹을 것을 얻을 수 없게 된 사자는 꾀를 동원하여 음식을 얻기로 결심했습니다. 늙은 사자는 동굴로 들어가 안에 누워 몸이 아픈 척했습니다. 다른 짐승들이 안녕하신지 문병드리러 굴로 들어올 때마다 그 짐승에게 왈칵 달려들어 잡아먹었습니다. 이렇게 많은 짐승들이 목숨을 잃었습니다. 마침내 어느 날 한 마리 여우가 동굴을 방문했는데, 그는 떠도는 말이 사실인지 아닌지 의심스러워 굴 안으로 들어가는 대신 밖에서 사자를 불렀습니다. 그러고는 어떻게 지내시느냐고 물었습니다. 사자는 몸이 아주 나쁘다고 대답하며 말을 이었습니다.

"한데, 자네는 왜 밖에 서 있지? 어서 들어오게."

"모든 발자국이 동굴을 향했을 뿐 밖으로 나온 발자국은 하나도 없는 것을 보지 않았다면 나도 들어갔을 겁니다."

여우의 대답이었습니다.

교훈

영리한 상황 판단력이 있어야 생존한다.

64
미역 감는 소년

한 소년이 강물에서 미역을 감다가 자기 키보다 더 깊은 곳에 빠져 익사할 위험에 처했습니다. 강 바로 곁에 난 길을 따라 지나가던 사람이 도와달라는 소년의 외침을 듣고 강가로 왔습니다. 그 사람은 그렇게 깊은 물에 들어갈 정도로 주의력이 없느냐고 꾸지람을 퍼붓기 시작할 뿐 소년을 도와주려는 시도는 하지 않았습니다.

"오, 아저씨, 먼저 구해주세요. 그리고 나중에 야단치세요."

소년이 울부짖었습니다.

교훈

위기에 처한 사람에겐 충고가 아니라 먼저 도움을 줘야 한다.

65
돌팔이 의사

옛날에 개구리 한 마리가 늪지에 있는 자기 집에서 나와 온 세상을 향하여 자기는 약을 잘 알며, 모든 병을 치료할 수 있는 학식 있는 의사라고 선전했습니다. 군중 속에는 여우가 한 마리 있었는데, 그 여우가 소리쳤습니다.

"의사 선생! 당신은 당신 자신의 절룩이는 다리와 검버섯 투성이에다 주름진 피부도 못 고치면서 어떻게 남을 고쳐준다고 나설 수 있단 말이오?"

교훈
의사 선생, 당신 자신부터 고치시오.
돌팔이 의사의 역사는 인류 역사와 궤를 같이 하는 모양이다.

66
몸이 부푼 여우

 허기진 여우가 속이 빈 나무 속에서 푸짐한 빵과 고기를 발견했는데, 그것은 어떤 목동들이 돌아올 때를 대비해서 보관했던 것이었습니다. 이렇게 자신이 발견한 물건에 대해 기뻐하면서 여우는 좁은 틈새로 미끄러져 들어가 게걸스럽게 그 음식을 몽땅 먹어버렸습니다. 그러나 막상 나오려고 하자 포식한 후라 몸이 잔뜩 불어나서 구멍을 통해 몸을 억지로 밀어낼 수 없는 것을 깨달았습니다. 여우는 흐느끼며 자신의 불운에 대해 신음하기 시작했습니다. 우연히 그 길을 지나던 다른 여우가 다가와서 무슨 일이냐고 물었습니다. 그러고는 상황 판단을 하자마자 말했습니다.
 "여기 봐. 친구야, 자네는 이전의 몸 크기로 오므라들 때까지 지금 있는 곳에 그대로 있을 수밖에 별 도리가 없는걸. 오므라들면 쉽사리 빠져나올 수 있을 걸세."

교훈
참고 견디는 것이 문제 해결의 열쇠다.
큰 쾌락 뒤에는 상응하는 고통을 지불해야 한다.

67
생쥐와 개구리와 솔개

생쥐와 개구리가 우정을 맺었는데, 그들의 관계는 잘 어울리는 것이 아니었습니다. 생쥐는 전적으로 땅 위에서 사는 반면 개구리는 땅에서나 물속에서 똑같이 편안함을 느낄 수 있었기 때문이었습니다. 그들은 무슨 일이 있어도 갈라지지 않으려고 생쥐가 한 가닥 실로 자신과 개구리의 다리를 묶었습니다. 그들이 마른 땅 위에 계속 있는 동안은 모든 것이 꽤 순조롭게 돌아갔습니다. 그러나 연못가에 이르자 개구리는 생쥐를 데리고 풍덩 뛰어들어 이리저리 헤엄쳐 돌아다니며 신이 나서 개골개골 울기 시작했습니다. 불쌍한 생쥐는 곧 익사하여 개구리를 뒤따라 수면으로 떠올랐습니다. 수면 위에 이르자 생쥐는 솔개에게 발각되었고 솔개는 그 생쥐의 시체 위로 낙하해서 발톱으로 잡아챘습니다. 개구리는 자기와 생쥐를 묶은 매듭을 풀 수 없었습니다. 그리하여 솔개는 생쥐와 함께 개구리도 채가서 둘 다 먹어치웠습니다.

교훈

잘못 엮인 교우 관계는 양쪽 모두에게 재앙을 가져오는 법이다.

68
소년과 쐐기풀

한 소년이 울타리에서 딸기를 따서 모으고 있었는데, 그때 손을 쐐기풀에 찔렸습니다. 아파 죽겠어서 소년은 어머니에게 알리려고 달려와 말했습니다.

"엄마, 난 살짝 그걸 건드렸을 뿐예요."

그러자 어머니는 말했습니다.

"얘야, 바로 그렇게 했기 때문에 찔린 거란다. 네가 그 풀을 힘껏 잡았더라면 전혀 다치지 않았을 거다."

교훈

부드럽게 타이를 때도 있어야 하지만 때로는 단호하게 꾸짖어야 할 때가 있다.

69
농부와 사과나무

한 농부가 자기 정원에 사과나무 한 그루를 키웠는데, 이 나무는 열매는 맺지 않고 고작 하는 역할이라야 가지에 앉아 지저귀는 참새들과 베짱이들을 위해 더위를 피하는 휴식처를 마련해주는 것이었습니다. 사과나무가 열매를 맺지 않는 것에 실망하여 농부는 나무를 베어버리기로 결심하고, 도끼를 가지러 갔습니다. 그가 곧 하려는 일을 보자 참새들과 베짱이들은 농부에게 그 나무를 그대로 남겨두어달라고 애원하며 말했습니다.

"아저씨께서 그 나무를 없애시면 우리는 다른 곳에 가서 쉼터를 찾아야 하고 아저씨도 밭에서 일하실 때 활기를 주는 우리들의 즐거운 지저귐을 듣지 못하실 겁니다."

그러나 농부는 그들의 말을 듣지 않고 나무를 자르겠다는 의지를 가지고 작업을 시작했습니다. 몇 번 도끼로 치자 나무의 몸통 속이 텅 비고 한 떼의 벌과 많은 꿀이 담겨 있는 것이 보였습니다. 이 횡재에 어찌나 기뻤던지 농부는 도끼를 던져버리고 말했습니다.

"결국 고목은 보존할 가치가 있군 그래."

교훈
효용이 인간들의 가치 척도다.

70
갈가마귀와 비둘기들

 어떤 농가의 마당에서 몇 마리 비둘기를 유심히 바라보던 한 갈가마귀는 비둘기들이 좋은 먹이를 얻어먹는 것을 보고는 어찌나 부러운지 그들이 즐기는 좋은 먹이를 나눠먹으려고 비둘기로 변장하기로 결심했습니다. 그래서 갈가마귀는 머리에서 발까지 제 몸을 하얗게 칠하고 비둘기 무리에 끼어들었습니다. 그가 조용히 입을 다물고 있는 한 그가 그들과 같은 비둘기가 아니라고 의심하는 비둘기는 없었습니다.
 어느 날 갈가마귀는 현명하지 못하게 잡담을 하기 시작했습니다. 그러자 비둘기들은 즉시 그가 변장한 것을 알아차리고 어찌나 무자비하게 그를 쫓아댔던지 갈가마귀는 제 발로 도망쳐서 다시 자기 무리에 합세했습니다. 그러나 다른 갈가마귀들은 하얀 옷을 입은 그를 알아보지 못하고 자기들과 함께 먹이를 먹는 것을 허락하려 들지 않고 그를 추방하는 것이었습니다. 그래서 그 갈가마귀는 애쓴 보람도 없이 집 없는 방랑자가 되고 말았습니다.

교훈
장면의 변화가 자연의 변화를 이룩하지 못한다.
* 이 교훈은 signet classics 판에서 인용한 것 ― 옮긴이 주

71
제우스와 거북이

　제우스 신은 아내를 맞이하려던 참이어서 모든 동물들을 잔치에 초대함으로써 이 행사를 기념하기로 결심했습니다. 거북이를 빼고는 모든 동물들이 왔습니다. 그러나 거북이는 얼굴도 디밀지 않아서 제우스 신도 놀랐습니다. 그리하여 다음 기회에 거북이를 보았을 때 제우스 신은 왜 잔치에 오지 않았느냐고 거북이에게 물었습니다.
　"저는 집을 나와 돌아다니기를 싫어합니다. 내 집 같은 곳은 없으니까요."
　거북이가 말했습니다.
　그 대답에 제우스 신은 어찌나 약이 올랐던지 명령했습니다. 그때부터 거북이는 집을 메고 다니고, 아무리 원한다 하더라도 집을 벗어날 수 없도록 하라는 명령이었습니다.

교훈
제 집에 비할 곳은 없다.

72
구유 속의 개

개 한 마리가 건초 위의 구유 속에 누워 있었습니다. 그 구유는 소들을 위해 거기 놓인 것이었습니다. 그런데 소들이 와서 먹으려 하면 개는 으르렁대며 그들에게 달려들어, 그들이 먹이에 접근하는 것을 허락하지 않았습니다. 소 한 마리가 자기 동료에게 말했습니다.

"별 이기적인 짐승도 다 있군. 저놈은 제가 먹을 수 없다고 해서 먹을 수 있는 자들도 못 먹게 하는군."

교훈

우리 자신이 즐길 수 없다는 이유만으로 남의 축복을 탈취해서는 안 된다.

73
두 개의 주머니

모든 사람은 두 개의 주머니를 차고 다니는데, 하나는 앞에 차고 또 하나는 뒤에 차고 다닙니다. 그 두 개의 주머니는 다같이 결점으로 가득 차 있는 것입니다. 앞주머니에 담긴 것은 이웃사람의 결점이고 뒷주머니에 담긴 것은 본인의 결점입니다. 그래서 사람들은 자신들의 결점은 보지 못하고 남의 결점은 영락없이 보는 것입니다.

교훈
남의 눈에 낀 티끌도 보지만 자기 눈에 박힌 대들보는 보지 못한다.

74
황소와 굴대

황소 두 마리가 대로를 따라 짐을 가득 실은 짐마차를 끌고 있었습니다. 소들이 멍에 밑에서 끌고 당기고 있을 때 굴대들이 지독히 삐걱대고 신음 소리를 내는 것이었습니다. 소들은 이 소리를 참을 수 없었습니다. 그래서 화가 나서 고개를 돌려 말했습니다.

"이봐, 거기 있는 너희들 말야. 일은 모두 우리가 하는데, 너희들은 왜 그렇게 시끄럽게 구는 거지?"

교훈
고생은 제일 적게 하는 자들이 불평은 제일 많이 한다.

75
소년과 개암 열매

한 소년이 개암 열매가 든 병 속으로 손을 집어넣어 자기 손으로 쥘 수 있는 한 많은 열매를 움켜잡았습니다. 그러나 손을 다시 꺼내는 것은 불가능하다는 걸 알았습니다. 그 병의 목 부위가 너무 좁아서 그렇게 한 움큼 쥔 손이 통과할 수 없었기 때문이었습니다. 열매는 잃기 싫고 손은 뺄 수 없게 되자 소년은 울음을 터뜨렸습니다. 문제가 어디 있는지를 간파한 구경꾼 한 사람이 그에게 말했습니다.

"어린 친구야, 이봐. 그렇게 욕심을 부리지 마라. 그 반으로 만족하면 어렵지 않게 손을 빼낼 수 있을 거다."

교훈
한 번에 너무 많은 것을 시도하지 마라.

76
왕을 바라는 개구리들

　자신들을 통치할 지도자가 없다는 이유로 개구리들이 불만에 차 있던 시대가 있었습니다. 그리하여 그들은 제우스에게 대표단을 보내어 왕을 달라고 요청했습니다. 개구리들의 우둔한 요청을 멸시한 제우스는 개구리들이 사는 연못 속으로 통나무 하나를 던져주고 그것이 너희들의 왕이 될 것이라고 말했습니다. 개구리들은 처음에 그 요란한 물탕 소리에 소스라치게 놀라 연못의 가장 깊은 곳으로 황급히 달아났지만 얼마 지나지 않아 그 통나무가 꼼짝 않고 있는 것을 보고는 하나씩 하나씩 대담하게 물 표면으로 고개를 내밀었습니다.

　오래지 않아 더 대담해진 개구리들은 그 통나무를 얕잡아보고 심지어 그 위에 올라앉기 시작했습니다. 이 같은 왕은 자기들의 위신에 대한 모독이라고 생각하여 개구리들은 제우스에게 두 번째 대표

단을 보내어 제우스가 그들에게 보낸 그 나태한 왕은 치워버리고 다른 더 훌륭한 왕을 보내달라고 요청했습니다.

이렇게 시달리게 된 데에 화가 난 제우스는 그들을 통치할 황새를 보냈습니다. 황새는 개구리 사이에 도착하자마자 가능한 빠른 속도로 개구리들을 잡아먹기 시작했습니다.

교훈
똑똑한 지도자가 없는 혼란한 사회는 결국 독재자를 부른다.

77
올리브나무와 무화과나무

한 해 중 어느 계절이 오면 잎을 모두 잃는 무화과나무를 올리브나무가 비아냥거렸습니다.
"넌 말야, 가을마다 네 잎사귀를 모두 잃고 봄까지 헐벗고 있지만 난 네가 보다시피 일년 내내 파랗게 번창하지 않니?"
올리브나무가 말했습니다.
얼마 후 엄청나게 많은 눈이 내려 올리브나무의 잎사귀들 위에 내려앉는 통에 올리브나무는 그 무게를 받아 굽고 부러졌습니다. 그러나 눈발은 무화과나무의 헐벗은 가지 사이로 아무런 피해도 끼치지 않으면서 땅으로 떨어졌고 무화과나무는 살아남아 많은 결실을 맺었습니다.

교훈
인간사 속에서는 장점이 단점이 될 수 있고 단점도 장점이 될 수 있다.

78
사자와 멧돼지

한여름 어느 뜨겁고 목 타는 날이었습니다. 사자와 멧돼지가 물을 마시려고 동시에 작은 샘으로 내려왔습니다. 순식간에 그들은 누가 먼저 마셔야 하는가를 두고 말다툼을 벌였습니다. 말다툼은 곧 싸움으로 진전되어 그들은 극도의 분노를 내뿜으며 서로를 공격했습니다.

이윽고 숨을 돌리려고 잠시 싸움을 멈췄을 때 그들은 대머리독수리가 몇 마리 저편 위쪽 바위에 앉아 있는 것을 보았습니다. 독수리들은 둘 중 하나가 죽기를 기다렸다가 그때 날아 내려와 시체를 먹어치울 것이 분명했습니다. 그 광경을 보자 두 짐승은 즉시 제정신으로 돌아와 다툼을 접고 말했습니다.

"우리가 싸우다가 저 대머리독수리들에게 먹히기보다 친구가 되는 편이 훨씬 좋겠다."

교훈
심한 내분은 밖으로부터의 화를 부른다.

79
호두나무

길가에서 자라는 호두나무 한 그루는 풍성하게 열매를 맺었습니다. 지나가는 사람들은 모두 호두를 따려고 막대기와 돌로 나뭇가지를 세차게 때렸습니다. 그래서 나무는 참혹한 수난을 당했습니다.
"내 열매를 즐겨 먹는 바로 그 인간들이 이렇게 모욕과 매질로 나한테 보답하다니 이건 너무 가혹합니다."
나무가 울부짖었습니다.

교훈
은혜를 원수로 갚는 인간들이 많다.

80
사람과 사자

사람과 사자가 동행자가 되어 여행길을 떠났습니다. 그들은 대화하다가 자기들의 싸움 실력에 대해 자랑하기 시작했습니다. 각자는 힘과 용기가 상대방보다 우월하다고 주장했습니다. 그들은 여전히 열띤 논쟁을 계속하면서 어떤 교차로에 당도했는데, 그곳에는 사람이 사자의 목을 졸라 죽이는 동상이 서 있었습니다. 사람은 의기양양해서 말했습니다.

"저것 좀 보시오. 우리가 당신들보다 강하다는 것을 입증하고 있지 않소?"

그러자 사자가 말했습니다.

"여보시오, 그렇게 속단하지 마시오. 저건 단지 인간들의 관점에서 본 거죠. 우리 사자들이 동상을 만들 수 있다면 틀림없이 대부분의 동상에서 인간이 밑에 깔린 모습을 보게 될 것이오."

교훈
모든 문제에는 양면이 있다.

81
거북이와 독수리

　자신의 초라한 생활에 불만이 많은 데다 하늘에서 흥겹게 노는 새들을 부러워하던 거북이 한 마리가 독수리에게 나는 법을 가르쳐 달라고 애원했습니다. 자연의 여신이 거북이에게는 날개를 주지 않았기 때문에 거북이가 날려고 노력해봤자 헛된 일이라고 독수리는 그 청을 거부했습니다. 그러나 거북이는 나는 것은 공기의 기능을 배우는 문제일 것이라고 주장하며 다시 간청하여 보물을 주겠다는 약속을 하면서 독수리에게 다그쳤습니다.
　그리하여 마침내 독수리는 그를 위해 할 수 있는 최선을 다하는 데 동의하고 발톱으로 그를 잡아 위로 들어올렸습니다. 거북이를 데리고 상당한 높이까지 솟아오르고 나서 독수리는 쥐었던 거북이를 놓아버렸습니다. 그러자 불쌍한 거북이는 거꾸로 떨어져 바위에 부딪혀 산산조각이 나고 말았습니다.

교훈
자연의 섭리를 거부하는 자는 파멸한다.

82
지붕 위의 새끼 염소

새끼 염소 한 마리가 초가지붕에서 자라는 풀과 다른 것들에 끌려 헛간의 지붕으로 올라갔습니다. 그곳의 연한 풀을 뜯어 먹으며 서 있을 때 새끼 염소는 아래 지나가는 늑대를 보았습니다. 새끼 염소는 늑대가 저 있는 곳에 닿을 수 없었기 때문에 마음 놓고 늑대를 놀려댔습니다. 늑대는 올려다 보며 말할 수밖에 없었습니다.

"어린 친구야, 난 네 말 듣고 있다. 하지만 나를 조롱하는 건 네가 아니라 네가 서 있는 지붕이란다."

교훈
때와 장소를 가리면 강한 자에게 도전할 수 있다.

83
꼬리 없는 여우

여우 한 마리가 덫에 걸렸다가 무진 애쓴 끝에 겨우 벗어났지만 꼬리를 잃었습니다. 여우는 어찌나 창피했던지 다른 여우들도 꼬리를 없애도록 설득할 수 없다면 삶은 살 가치가 없다고 생각했습니다. 그리하여 그 여우는 모든 여우를 모아 회의를 열었으며 그들에게 꼬리를 자르라고 충고했습니다.

"여하튼 꼬리는 흉물입니다. 게다가 무거워서 항상 여기저기 달고 다니는 것은 피로한 일입니다."

그러나 다른 여우가 말했습니다.

"친구, 자네가 꼬리를 잃지 않았다면 우리더러 꼬리를 잘라 없애라고 그렇게 열을 올리진 않겠지?"

교훈

이기심에서 나온 충고는 조심하라.

84
허영심 강한 갈가마귀

　제우스는 새들을 다스리는 왕을 지명할 것이라고 선언하고 자신의 왕좌 앞에 새들이 나타나야 할 날짜를 정했습니다. 정해진 날에 제우스는 새 중에서 가장 아름다운 새를 그들의 통치자로 선출할 예정이라는 것이었습니다. 그 행사일에 제일 아름답게 보이고 싶었던 새들은 시냇가 제방으로 가서 몸을 닦고 깃털을 부리로 다듬느라 분주했습니다. 갈가마귀도 다른 새들과 함께 거기에 있었는데, 자신의 추한 깃털 때문에 현재의 모습으로는 왕으로 선택될 가망이 없다는 것을 깨달았습니다. 그래서 갈가마귀는 새들 모두가 가버릴 때까지 기다렸다가 그들이 떨어뜨린 가장 화려한 깃털을 집어올려 자기 몸 둘레에 매달았습니다. 그 결과 갈가마귀는 어느 새보다 더 화사하게 보였습니다. 정해진 날이 왔을 때 새들이 제우스와 왕좌 앞에 모였습니다. 그들을 검열하고 나서 제우스가 갈가마귀를 왕으로 지명하려는 순간이었습니다. 그때 모든 새들이 그 갈가마귀에게 달려들어 그 몸에서 빌린 깃털을 벗겨버리고 그가 실은 갈가마귀라고 폭로했습니다.

교훈
남의 돈을 빚내가며 허영된 호화 생활을 하는 자들도 많다.

85
여행자와 그의 개

어떤 여행자가 여행길에 나설 참이어서 문 앞에서 기지개를 켜는 자기 개에게 말했습니다.

"이녀석, 넌 왜 하품만 하니? 서둘러 준비해! 너도 나와 함께 간단 말야."

그러나 개는 단지 꼬리만 칠 뿐 조용히 말했습니다.

"주인님, 전 준비됐습니다. 제가 기다리는 분은 주인이십니다."

교훈
남을 기다리게 하는 버릇이 있는 사람들은 자신이 남을 기다리게 하는 줄도 모른다.●

86
난파당한 사람과 바다

바닷가로 밀려온 난파당한 사람은 파도와 투쟁한 뒤여서 잠이 들어버렸습니다. 눈을 뜨고 나자 그 사람은 매끈하며 웃음 짓는 표정으로 인간들을 끌어들였다가 막상 승선하고 출항하면 인간들에게 분노를 터뜨려 배와 선원들을 다 파멸로 몰아버리는 배신 행위에 대해 바다를 호되게 질책했습니다. 바다는 여인의 거동으로 몸을 일으키며 말했습니다.

"오, 뱃사람아, 나를 비난하지 말아요. 본래 나는 육지와 다름없이 잔잔하고 안전한 곳이에요. 그런데 바람이 강풍과 돌풍으로 나를 공격하고 채찍질하는 통에 나는 내 본성에도 없는 분노를 터뜨리는 겁니다."

교훈
온순했던 성격도 환경의 영향을 받아 격한 성격으로 변할 수 있다.

87
멧돼지와 여우

멧돼지가 숲속에서 나무 몸통에다 대고 자신의 어금니를 벼리고 있었습니다. 그때 여우가 지나다가 멧돼지가 하는 짓을 보자 말했습니다.

"여봐요. 지금 왜 그러고 있는 거요? 오늘은 사냥꾼도 나오지 않았고 내 보기로는 가까이에 아무 다른 위험도 없는데 말이오."

"맞는 말이오. 하지만 내 생명이 위험에 처한 순간 난 내 어금니를 사용할 필요가 생길 거라 이거요. 그때 가서는 어금니를 벼릴 시간이 없을 것 아니오?"

멧돼지가 말했습니다.

교훈
준비는 미리 미리.

88
헤르메스 신과 조각가

헤르메스 신은 자기가 인간들에게 어떤 평가를 받고 있을까 몹시 알고 싶었습니다. 그리하여 그는 인간으로 변장하고 한 조각가의 작업실로 들어갔습니다. 거기에는 완성되어 팔 준비가 된 많은 조각상이 있었습니다. 그 중 제우스의 조각상을 보자 그는 값을 물었습니다.

"1크라운입니다."

조각가가 말했습니다.

"그게 전부요?" 하더니 헤르메스 신은 웃으며 "그리고 (헤라 신의 조각상을 가리키며) 저건 얼마요?" 했습니다.

"저건 반 크라운입니다."

"그럼 저 건너편 것은 얼마를 받겠소?"

헤르메스 신은 자신의 조각상을 가리키며 말을 계속했습니다.

"저것 말입니까? 오, 손님께서 조금 전에 본 두 개를 사시면 저것은 거저 끼워드리겠습니다."

조각가의 대답이었습니다.

교훈
자신에 대한 과대평가는 언젠가 닥칠 객관적 평가 앞에서 무안해진다.*
이솝 특유의 농담 한 토막이다.*

89
새끼 사슴과 그의 어머니

한 암사슴이 이제 다 성장해서 튼튼한 몸을 가진 새끼에게 말했습니다.

"아들아, 자연의 여신께서 너에게 강한 신체와 견고한 한 쌍의 뿔을 주셨는데 넌 왜 사냥개들만 보고도 달아나는 그런 겁쟁이가 되는지 모르겠구나."

바로 그때 그들 둘은 한 떼의 사냥개들이 일제히 추적해오는 소리를 들었습니다. 한데 아직 상당한 거리가 있습니다. 암사슴이 말하는 것이었습니다.

"넌 지금 그곳에 그대로 있거라. 내 걱정은 하지 마라."

그 말과 동시에 암사슴은 걸음아 나 살려라 하고 전속력으로 달아나버렸습니다.

교훈

사슴이란 동물은 유난히 민감하고 겁이 많은 동물이라는 이솝의 생태 관찰의 한 토막이다.*

90
여우와 사자

사자를 본 적이 없는 여우가 어느 날 사자를 만났는데 사자를 보는 순간 어찌나 무서웠던지 그 공포심으로 인해 죽을 뻔했습니다. 얼마 후 그는 다시 사자를 만났는데, 여전히 무서웠지만 처음 만났을 때만큼 그렇게 무섭지는 않았습니다. 그러나 그가 사자를 세 번째로 만났을 때는 전혀 무섭지 않아서 사자에게 가까이 가서 마치 평생 알고 지낸 사이처럼 사자에게 말을 걸기 시작했습니다.

교훈
친숙은 멸시의 어머니.

91
독수리와 포획자

　옛날에 어떤 사람이 독수리 한 마리를 잡아 그 날개를 자르고는 자기 닭장 속의 닭들 사이에다 풀어놓았습니다. 닭장에서 독수리는 낙담하고 고독한 표정을 짓고 구석에서 울적해하며 느릿느릿 걸어 다녔습니다. 얼마 후 그 포획자는 그 독수리를 기꺼이 이웃사람에게 팔아넘겼는데, 이웃사람은 그것을 자기 집으로 가져가 날개가 다시 자라도록 내버려두었습니다. 날개를 다시 쓸 수 있게 되자마자 독수리는 날아 나가더니 산토끼 한 마리를 잡아 집으로 가져와 자기 은인에게 선물했습니다. 한 여우가 이것을 보고 독수리에게 말했습니다.
　"너의 선물을 그 사람에게 낭비하지 마라. 널 처음 잡았던 사람에게 가서 그 선물들을 주란 말이다. 그 사람을 친구로 삼아라. 그러면 아마 그 사람은 너를 잡아 날개를 자르는 일은 두 번 다시 하지 않을 거다."

교훈
적을 감화시켜라.*
또는 "햇볕정책은 좋을 수도 있다."*

92
대장장이와 그의 개

어떤 대장장이에게 작은 강아지가 있었는데, 그놈은 주인이 일할 때는 잠만 자다가 식사 시간이 되면 벌떡 깨는 버릇이 있었습니다. 어느 날 개 주인은 개의 이런 태도를 지겹게 여겼지만 평상시처럼 뼈 조각 하나를 개에게 던져주며 말했습니다.

"너같이 게으른 강아지는 도대체 어디다 쓰지? 내가 모루 위에다 망치질할 때는 몸을 웅크리고 잠만 자는 놈이 음식 한 입 먹으려고 손을 멈추자마자 눈을 뜨고 일어나 먹을 것을 달라고 꼬리나 치지?"

교훈
일하지 않는 자들은 굶어야 싸다.

93
연못가의 수사슴

목마른 수사슴이 물을 마시러 연못으로 내려갔습니다. 수면 위로 몸을 굽혔을 때 사슴은 자신의 모습이 물속에 반사된 것을 보았는데, 멋지게 뻗어나간 자신의 뿔에 놀랄 정도로 탄복했습니다. 그러나 동시에 자기 다리의 허약함과 날씬함을 보고는 역겹다는 느낌밖에 없었습니다. 자신의 모습을 바라보고 그곳에 서 있는 동안 사슴은 사자의 눈에 띄어 공격을 받았습니다. 그러나 이어진 추격전에서 사슴은 곧 추격자에게서 벗어났습니다. 그런데 땅이 넓게 트이고 나무가 없는 곳까지만 그가 계속 앞설 수 있었습니다. 숲에 이르자, 뿔 때문에 그는 가지에 걸려 적의 이빨과 발톱의 희생물이 되었습니다.

"아, 슬프다! 내 생명을 구할 수도 있었을 내 다리를 멸시하다니! 난 내 뿔만 자랑했는데 그만 그 뿔이 날 파멸시켰군."

사슴은 마지막 숨을 내쉬며 울부짖었습니다.

교훈
가장 가치 있는 것이 가장 하찮게 여겨지는 경우가 많다.

94
개와 그림자

개 한 마리가 입에 고깃점을 물고 냇물 위에 놓인 널빤지로 된 다리를 건너고 있었습니다. 그때 개는 우연히 물에 비친 자신의 그림자를 보게 되었습니다. 그는 그것이 두 배나 큰 고깃점을 가진 다른 개라고 생각했습니다. 그리하여 그는 제 고깃점은 떨어뜨리고 더 큰 것을 얻으려고 그 상대편 개에게 돌진했습니다. 물론 거기서 개는 아무것도 얻지 못했습니다. 하나는 단지 그림자였고 또 하나는 물결에 실려 떠내려갔기 때문입니다.

교훈
그림자를 움켜쥐면 알맹이를 잃을 것이다.

95
헤르메스와 상인들

제우스 신이 인간들을 창조할 때 일입니다. 그는 헤르메스 신에게 거짓말 주입액을 우선 만들고 나서 상인들을 만들 때 달리 들어가는 구성 요소에다 그 거짓말 액을 조금만 첨가하라고 명령했습니다. 헤르메스는 그렇게 했으며 양초 판매원, 채소장수, 잡화상 등 모두를 차례로 불러 각자에게 같은 양을 주입했습니다. 마침내 명단의 끝에 있는 말 매매인이 왔을 때 헤르메스는 아직 남은 주입액이 꽤 많은 것을 발견하고 그것을 모두 말 매매인에게 주입해버렸습니다. 이것이 모든 상인들이 다 거짓말을 하게 된 이유인데 어느 상인도 말 매매인 같지는 않은 이유입니다.

교훈
남는 게 없다는 거짓말을 하지 않는 상인은 없다.

96
생쥐들과 족제비들

생쥐들과 족제비들 사이에 전쟁이 있었습니다. 항상 생쥐들이 패배하여 많은 생쥐들이 족제비들에게 죽임을 당하고 먹혔습니다. 그래서 생쥐들은 참모회의를 소집했습니다. 거기서 한 늙은 쥐가 일어나 말했습니다.

"우리가 항상 패배하는 것도 당연합니다. 우리는 들에서 전투를 계획하고 우리의 이동을 지도할 장군들이 없기 때문입니다."

그의 충고에 따라 생쥐들은 가장 체구가 큰 생쥐들을 자기들의 지도자로 선출하고, 이들을 사병들과 구별지으려고 그들에게는 큰 짚으로 된 깃이 달린 헬멧을 제공했습니다. 그들은 승리를 확신하고 생쥐들을 전장으로 인도했습니다. 그러나 그들은 전처럼 패배했고 이어서 걸음아 나 살려라 하고 재빨리 자기들의 굴로 사라졌습니다. 지도자들을 제외하고 모두는 어렵지 않게 안전한 곳으로 왔습니다. 지도자 쥐들은 그들 계급장의 거추장스러운 장애 때문에 자신들의 구멍으로 들어가지 못하고 추적자들의 손쉬운 밥이 되었던 것입니다.

교훈

높은 자리에는 핸디캡이 따르게 마련이다.

97
공작새와 헤라

공작새는 꾀꼬리 같은 아름다운 목소리를 갖지 못해서 큰 불만을 품고 있었기 때문에 헤라 신에게 가서 그 점에 대해 불평을 늘어놓았습니다.

"꾀꼬리의 노래는 모든 새의 선망의 대상이지만 제가 목소리를 낼 때마다 저는 웃음거리가 되거든요."

여신은 이런 말로 그를 달래려고 노력했습니다.

"너에겐 노래하는 능력이 없는 것은 사실이지. 하지만 너는 아름다움에서는 모든 새들을 훨씬 능가하지 않니? 너의 목은 에메랄드처럼 빛을 발하고 너의 찬란한 꼬리는 기적같이 화려한 색깔이란 말이다."

그러나 공작새의 불만은 가라앉지 않았습니다. 그는 다시 입을 열었습니다.

"저 같은 목소리를 가진 것이 아름다워봤자 무슨 소용이 있습니까?"

그러자 헤라 여신은 엄격함이 약간 섞인 말투로 대답했습니다.

"운명의 여신은 모든 것에게 운명지어진 선물을 배당했다. 너에게는 아름다움을, 독수리에게는 힘을, 꾀꼬리에게는 노래를, 그리고 모든 나머지 새들에게도 그들의 정도에 맞춰 배정된 것이다. 그런데 유독 너만 네 몫에 불만인 거야. 그러니 더는 불평하지 마라. 넌 현재의 소망이 이루어지면 곧 새로운 불만거리를 찾아낼 것 아니냐?"

교훈
성격적으로 불만을 달고 사는 사람도 허다하다.

98
곰과 여우

옛날에 곰 한 마리가 자신의 관대한 마음씨를 자랑하며 말하기를 다른 동물들에 비해서 자기가 얼마나 세련되었느냐고 했습니다. (사실인즉 곰은 시체에는 절대로 손대지 않는다는 말이 전해 내려오고 있다.) 이런 맥락으로 말하는 곰의 이야기를 듣던 한 여우가 웃음을 지으며 말했습니다.

"친구야, 자네가 배고플 때에도 자네 관심을 죽은 것에 국한시키고 산 것들은 건드리지 않고 내버려두었으면 하는 것이 내 유일한 소망일세."

교훈
위선자는 다만 자기 자신을 속인다.

99
나귀와 늙은 농부

늙은 농부가 풀밭에 앉아 곁에서 풀을 뜯어 먹는 자기의 나귀를 바라보고 있었습니다. 그때 갑자기 무장한 사람들이 몰래 접근하는 것을 그 농부는 보았습니다. 농부는 순식간에 벌떡 일어나 될수록 빨리 함께 달아나자고 나귀에게 간청했습니다.

"그렇지 않으면 우리 둘은 적에게 붙잡힐 거다."

농부가 말했습니다.

그러나 나귀는 느긋하게 돌아보며 말했습니다.

"잡아간다 해도 저들이 지금 제가 짊어지는 것보다 더 무거운 짐을 저더러 운반하라고 하겠어요!"

"그렇게는 안 하겠지."

주인이 말했습니다.

"오, 그렇겠군요. 저들이 저를 데려가도 전 상관없어요. 지금보다 고달프진 않을 테니까요."

교훈
아랫사람들을 너무 혹사하지 마라.

100
황소와 개구리

작은 개구리 두 마리가 연못 가장자리에서 놀고 있었는데, 황소 한 마리가 물을 마시러 물가로 왔습니다. 그런데 우연하게도 황소는 개구리 한 마리를 밟아 숨통을 끊어놓았습니다. 늙은 개구리가 그 어린 것을 보고 싶어서 개구리 형에게 동생이 어디 있느냐고 물었습니다.

"엄마, 그애는 죽었어요. 네발 달린 엄청 큰 동물이 오늘 아침에 우리 연못에 와서 진흙 속에서 그애를 밟았거든요."

작은 개구리가 말했습니다.

"엄청 크다고? 그 동물이 이만큼 크더냐?"

그 어미 개구리는 될수록 크게 보이려고 몸을 호흡으로 부풀렸습니다.

"오, 네. 훨씬 더 컸어요."

작은 개구리의 대답이었습니다.

어미 개구리는 더더욱 몸을 부풀렸습니다.

"이만큼 큰 놈이냐?"

어미 개구리가 말했습니다.

"네, 네, 그것보다 훨씬 더 컸어요."

작은 개구리가 말했습니다. 그러나 이미 개구리는 몸을 부풀리고 또 부풀려서 마침내 공처럼 둥글게 되었습니다.

"이만큼 크……" 하고 어미 개구리는 말문을 열었는데, 그때 배가 터지고 말았답니다.

교훈

모든 피조물이 제 생각만큼 위대해질 수는 없다.

101
인간과 목각상

어느 가난한 사람이 목각으로 깎은 신의 조각상을 가지고 있었는데, 그는 날마다 거기다 대고 부자가 되게 해달라고 기도하곤 했습니다. 그는 이 기도를 오랫동안 해왔지만 여전히 가난을 면치 못했습니다. 마침내 그는 지겹다는 듯이 목각상을 집어 올려 벽에다 있는 힘껏 팽개쳤습니다. 벽을 강타한 힘으로 인하여 목각상의 머리가 갈라지더니 많은 금전들이 바닥으로 떨어졌습니다. 그 사람은 금전들을 허겁지겁 모으며 말했습니다.

"아, 이 늙은 사기꾼 같으니! 내가 깎듯이 대우할 때는 아무것도 해주지 않더니 모욕과 폭력으로 대접하기가 무섭게 나를 부자로 만드는구려."

교훈
신의 은총은 착한 자들에게만 오는 것이 아니다. 신의 변덕은 헤아릴 길이 없다.*

102
헤라클레스와 마부

한 마부가 뒤에 짐을 가득 싣고 진흙탕 길을 따라 쌍두마차를 몰았는데, 바퀴들이 진창에 깊이 박히는 바람에 말들이 죽을힘을 썼어도 마차를 움직일 수 없었습니다. 속절없이 거기 서서 바라보면서 이따금 간격을 두고 큰 소리로 도와달라고 헤라클레스를 불렀습니다. 그러자 헤라클레스가 몸소 나타나 말했습니다.

"이 사람아, 자네 어깨를 바퀴에 대고 말들을 막대기로 찌르고 나서 헤라클레스더러 도와달라고 부탁해야지. 스스로를 돕기 위해 손가락 하나 까딱하지 않고는 헤라클레스든 누구든 자네를 도우러 올 것이라고 기대하지 말게."

교훈

하늘은 스스로 돕는 자를 돕는다.

103
석류와 사과나무와 찔레덤불

석류나무와 사과나무가 저희들이 맺는 과일의 질에 대해 논쟁을 벌였는데, 각자는 자기 과일이 둘 중에서 더 낫다고 주장했습니다. 둘 사이에 고성이 오가더니 격렬한 말다툼이 막 시작되려는 참이었습니다. 그때 찔레덤불이 뻔뻔하게 이웃에 있는 울타리에서 머리를 내밀고 말했습니다.

"이봐, 친구들. 그만하면 됐어. 우리 싸우지 말자구."

교훈
뛰어난 사람들이 서로 다투면 별볼일 없는 이들이 잘난척한다.

104

사자와 곰과 여우

사자와 곰이 동시에 그들이 잡은 새끼 염소를 손에 넣으려고 싸웠습니다. 두 짐승은 다 완전히 지쳤으며 심한 부상을 입고 숨을 헐떡이며 바닥에 누워 있었습니다. 한 마리 여우가 이 싸움이 진행되는 동안 내내 그 주위를 어슬렁거리며 싸움을 주의 깊게 지켜보았습니다. 싸우던 당사자들이 너무 탈진해서 움직이지도 못하고 누운 것을 보고 여우는 살짝 끼어들어 그 새끼 염소를 움켜쥐고 달아나버렸습니다. 싸우던 두 동물은 속절없이 바라만 보았는데, 그 중 하나가 상대방에게 말했습니다.

"여기 우리들은 그동안 내내 서로 할퀴며 공격만 했는데, 아무도 이기지 못하고 승자는 여우가 되었군그래."

교훈
때로 한 인간의 수고가 다른 사람의 이득이 된다.

105
검둥이

어떤 사람이 에티오피아인 노예를 샀는데, 그 노예는 모든 에티오피아인들처럼 피부가 검었습니다. 그러나 그의 새로운 주인은 그 노예가 그렇게 검은 것은 전 주인이 노예를 소홀히 다루었기 때문이라고 여겼습니다. 그리고 노예에게 필요한 것은 피부를 싹싹 문지르는 것뿐이라고 생각했습니다. 그리하여 새 주인은 많은 비누와 더운 물로 작업에 착수하여 단호한 의지로 노예의 몸을 문질렀습니다. 그러나 모두가 아무 소용이 없었습니다. 그의 피부는 전처럼 검은 채로 남아 있었고 거기에다 그 불쌍한 노예는 감기까지 들어 거의 죽어가고 있었습니다.

교훈
자연이 인간에게 준 특성을 바꾸는 것은 인간으로서는 불가능하다.

106
두 병사와 강도

함께 여행하던 두 병사가 강도의 습격을 받았습니다. 병사 중 하나는 도주했지만 또 한 병사는 한 걸음도 물러서지 않고 그의 칼을 힘차게 사면팔방으로 휘둘렀기 때문에 강도는 그 병사를 그대로 두고 도주했습니다. 길가는 것을 막던 방해꾼이 없어지자 겁 많은 병사가 뛰어 돌아왔습니다. 무기를 휘두르며 그는 위협적인 목소리로 소리쳤습니다.

"그놈 어디 있나? 내가 가서 잡을 테다. 감히 누구한테 덤비려고 했는지 곧 알려주겠어."

그러나 상대방 병사가 말했습니다.

"친구, 자네는 좀 늦었어. 방금 전 자네가 말로만이라도 나를 응원해주었더라면 좋았을 거야. 지금 자네 말이 사실이라고 믿어서 하는 말인데, 그랬더라면 나는 용기가 더 났을 텐데. 이제 진정하고 칼을 집어넣게나. 그건 더는 사용할 필요가 없네. 자네를 사자처럼 용감한 사람으로 생각하도록 남들을 현혹시킬 수 있을지는 몰라도, 위험의 첫 징후를 보자마자 자네가 산토끼처럼 달아난 것을 난 안다네."

교훈

겁쟁이일수록 임자가 없는 데서는 호언장담한다.

107
사자와 야생나귀

사자와 야생나귀가 함께 사냥을 나갔는데, 야생나귀가 뛰어난 속도로 먹이를 덮치면 사자는 뒤이어 나타나 그 먹이를 죽이는 것으로 되어 있었습니다. 그들은 큰 횡재거리 먹이를 만났는데 전리품을 나누는 문제에 이르렀을 때 사자가 먹이를 정확히 삼 등분하는 것이었습니다. 사자가 말했습니다.

"나는 백수의 왕이니까 내가 첫 번째 덩어리를 가져가겠다. 내가 둘째 덩어리도 가져가야겠어. 너의 동업자로서 나는 나머지의 반은 차지할 자격이 있으니까. 그리고 저, 세 번째 덩어리 말인데…… 네가 그것을 포기하고 빨리 이 자리를 뜨지 않으면 틀림없이 이 세 번째 것이 너를 몹시 후회하게 만들 거야."

교훈
힘이 정의다.

108
인간과 사티로스

어떤 사람과 사티로스가 친구가 되어 함께 살기로 결심했습니다. 모든 것이 얼마간은 잘 돌아가다가 마침내 겨울의 어느 날 그 사람이 손을 호호 부는 것을 사티로스가 보았습니다.

"왜 그렇게 하고 있습니까?" 하고 그가 물었습니다.

"손을 따뜻하게 하느라구요."

사람이 대답했습니다.

어느 날 그들이 함께 저녁을 먹으려고 자리에 앉았을 때 그들은

김이 나는 뜨거운 오트밀 죽이 든 사발을 각자 들고 있었는데, 사람은 자기 사발을 올려 자기 입에 대고 그 위를 불었습니다.

"왜 그렇게 하는거요?"

사티로스가 물었습니다.

"내 죽을 식히려구요."

그 사람이 말했습니다.

사티로스는 탁자에서 일어났습니다.

"잘 있어요. 난 갑니다. 같은 입으로 뜨거운 것과 찬 것을 불어내는 인간하고는 친구가 될 수 없어요."

교훈
이중인격자를 피하라.
작은 오해가 우정을 망칠 수 있다.

109
목각상 판매자

어떤 남자가 목각으로 헤르메스 신의 상을 만들어 그것을 팔려고 시장에 내놓았습니다. 그러나 아무도 사려는 사람이 없었기 때문에, 그 목각상의 좋은 점을 선전함으로써 살 사람을 끌어모아야겠다고 그 남자는 생각했습니다. 그리하여 그는 시장 이쪽저쪽을 향하여 외쳐댔습니다.

"신(神)을 팝니다! 신을 팔아요! 당신들에게 행운을 가져오고 당신들의 운을 지켜줄 목각상입니다!"

이윽고 구경꾼 중 한 사람이 그의 말을 멈추게 하더니 말했습니다.

"그 목각상이 당신이 만들 때 의도한 대로 만들어진 신이라면 당신이 그것을 지니고 있으면서 그것을 최대로 이용하지 않는 것은 어떻게 된 일이오?"

"이유를 말씀드리지요. 이 신상은 사실 이득을 가져옵니다. 하지만 이득을 가져오는 데 시간이 걸려요. 그리고 나는 돈이 당장 필요하거든요" 하고 그 상인이 말했습니다.

교훈
생활이 어려워지면 남에게 거짓말하고 사기를 치려는 사람이 많다.

110
독수리와 화살

독수리 한 마리가 높은 바위 위에 자리 잡고 앉아 날카로운 눈매로 먹잇감을 찾고 있었습니다. 산의 터진 틈에 은신하여 사냥감을 찾던 사냥꾼이 거기 있는 독수리를 발견하고 화살을 쏘았습니다. 화살촉은 독수리의 가슴을 정통으로 때리고 몸통을 완전히 관통하고 말았습니다. 죽음의 고통 속에서 누워 독수리는 눈을 그 화살촉으로 돌렸습니다.

"아, 잔인한 운명이여! 내 이렇게 죽어가다니! 나를 죽이는 화살 끝에 독수리 깃털이 날개처럼 달려 있다니 더더욱 잔인한 운명이구나!"

교훈
자신이 제공한 무기에 자신이 죽는 경우가 있다.

111
부자와 가죽공

한 부자가 가죽공과 바로 이웃한 집으로 이사를 왔습니다. 그런데 가죽 작업 마당에서 나는 냄새가 어찌나 역한지 그는 가죽공더러 떠나라고 말했습니다. 가죽공은 이사를 지연시켰기 때문에 부자는 이에 대해 여러 번 되풀이해서 가죽공에게 말해야 했습니다. 떠나라고 말할 때마다 가죽공은 곧 이사할 준비를 하고 있노라고 말했습니다. 이렇게 얼마간 계속되었는데, 마침내 결국에 가서는 가죽 냄새에 그 부자의 코가 길들여져서 냄새 따위에 신경쓰지 않게 되었고 더는 그 작업장이 못마땅해서 가죽공을 괴롭히지 않게 되었습니다.

교훈
후각을 포함한 인간의 오관은 순응력이 빠르다.

112
늑대와 어머니와 어린이

굶주린 늑대가 먹을 것을 찾아 호시탐탐 배회하고 있었습니다. 이윽고 어린이가 우는 소리에 끌려 늑대는 어떤 오두막에 이르렀습니다. 창밑에 쪼그리고 앉아 있을 때 어머니가 어린이에게 말하는 것이 들렸습니다.

"울음 그쳐, 어서! 안 그치면 늑대에게 던져버릴 거야."

그 어머니가 말한 것을 진담으로 생각하고 늑대는 허기를 채우게 될 것이라는 기대 속에서 오랫동안 그곳에서 기다렸습니다. 저녁이 되자 늑대는 어머니가 자식을 달래며 말하는 것을 들었습니다.

"못된 늑대가 와도 우리 예쁜 아기를 물어가지 못하게 할 거다. 아빠가 그놈을 죽일 거야."

늑대는 기분이 나빠서 벌떡 일어나 그곳을 떠났습니다.

"저 집 사람들 말야, 저들이 하는 말은 한마디도 믿을 수 없다구."

늑대가 혼잣말을 지껄였습니다.

교훈
우는 아이의 울음을 그치게 하는 방식이 동서고금을 막론하고 비슷하다는 것을 시사해서 재미있다. 우리 나라에서는 늑대 대신 '호랑이'였다가 '순사'로 바뀌더니 요사이는 '경찰 아저씨'가 이용된다.•

113
노파와 포도주 병

한 노파가 텅 빈 포도주 병을 들어올렸습니다. 그 병은 한때 귀하고 값비싼 포도주를 담고 있었고 아직도 그 오묘한 포도주 향의 흔적을 얼마간 지니고 있었습니다. 노파는 병을 코에 갖다 대고 냄새를 맡고 또 맡았습니다. 노파는 외치듯 말했습니다.

"아, 이렇게 황홀한 향기를 뒤에 남긴 그 술은 틀림없이 얼마나 맛있었을까?"

교훈
오래도록 향기를 남기고 사라지는 술이 있듯이 인간도 아름다운 흔적을 남겼으면 얼마나 좋을까?*

114
암사자와 암여우

암사자와 암여우가 어미들이 다 그러하듯 그들의 어린 새끼들에 대해 이야기를 나누고 있었습니다. 그들이 얼마나 건강하며 잘 자라는가, 얼마나 아름다운 털과 가죽을 지녔는가, 그리고 그것들이 얼마나 부모들을 쏙 빼어 닮았는가를 이야기했습니다.
"내가 난 한 배의 새끼들을 보는 것이 기쁨이지요" 하고 말하더니 여우는 좀 악의가 담긴 말을 덧붙였습니다.
"그런데 댁은 내가 보기에 자식이 겨우 하나밖에 없더군요."
"그래요. 하지만 그게 수사자지요."
암사자는 으스스하게 말했습니다.

교훈
양보다 질.

115
독사와 줄

독사 한 마리가 목수의 작업장에 들어와 연장들 하나하나에게 접근하며 먹을 것을 구걸했습니다. 독사는 그 연장 중에서 줄에게 왔다고 인사하며 음식을 베푸는 호의를 구걸했습니다. 줄은 동정하면서도 경멸조로 대답했습니다.

"나한테서 무엇을 얻을 것이라고 상상한다면 넌 틀림없이 바보로구나. 나는 예외 없이 모든 이에게서 가져오기만 하지 그 대가로 무엇을 주는 일은 절대로 없단 말이다."

교훈
남의 것을 탐하는 자들은 줄 줄을 모른다.

116
토끼와 거북이

어느 날 토끼가 거북이를 놀리고 있었습니다. 걸음이 너무 느리다는 것이었습니다.

"잠시 기다려. 너와 경주해보겠어. 틀림없이 내가 이길 거라고 장담해."

거북이가 말했습니다.

그 생각에 무척 흥미를 느낀 토끼가 대답했습니다.

"오, 그건 좋지. 한번 해보자꾸나."

이리하여 여우가 그들이 뛸 코스를 정하고 심판이 되어준다는 데에 합의를 보았습니다. 시간이 되었을 때 그들 둘은 함께 출발했습니다. 토끼는 곧 너무 많이 앞섰기 때문에 좀 쉬는 편이 좋겠다고 생각했습니다. 그래서 토끼는 드러누웠다가 깊은 잠이 들고 말았습니다. 그러는 동안 거북이는 계속 터벅터벅 걸어서 이윽고 종착점에 도착했습니다. 마침내 토끼는 깜짝 놀라 눈을 뜨고는 제가 할 수 있는 최고 속도로 달렸습니다. 그러나 토끼는 거북이가 이미 경주에서 이긴 것을 발견했을 뿐이었습니다.

교훈

천천히 꾸준하게 하면 경쟁에서 이긴다.

117
고양이와 수탉

고양이 한 마리가 수탉을 덮치더니 그것으로 한 끼 때울 구실을 찾았습니다. 고양이는 일반적으로 수탉들을 먹지 않는 법이고 이 고양이도 그것을 먹어서는 안 된다는 것을 알고 있었기 때문입니다. 마침내 고양이가 말했습니다.

"넌 밤에 우는 통에 사람들의 잠을 깨우는 골칫거리야. 그래서 나는 너를 없애려는 거야."

그러나 수탉은 사람들이 눈을 뜨고 시간 맞춰 그날의 일을 시작하도록 하려고 꼬꼬 하고 울며 사람들은 자기가 없이는 살 수 없다고 말함으로써 자신을 변호했습니다.

"그럴지도 모르지. 그러나 사람들이 너 없이 살든 못 살든 난 먹지 않곤 못 살지."

그러고 나서 고양이는 수탉을 죽이더니 먹어치웠습니다.

교훈

악당은 좋은 구실 없이도 범죄를 저지른다.

118
군인과 그의 말

한 군인이 전시에 자신의 말에게 풍부한 귀리를 제공하며 극진히 보살폈습니다. 전장에서의 어려움을 견디며 필요하면 주인을 위험에서 민첩하게 벗어나도록 하는 강한 말이 되기를 바랐기 때문이었습니다. 그러나 전쟁이 끝나자 말을 온갖 고된 잡동사니 일에 쓰면서 말에게 별 관심도 쏟지 않고 더욱이 먹을 것이라고는 왕겨밖에는 주지 않았습니다. 전쟁이 다시 발발하는 날이 왔습니다. 군인은 말 위에 안장을 얹고 고삐를 맸습니다. 그리고 나서 무거운 쇠비늘 갑옷을 입고 말 등에 올라 출발하여 전쟁터로 갔습니다. 그러나 굶주리다시피 한 불쌍한 말은 군인의 무게에 눌려 밑으로 가라앉으면서 등에 탄 주인에게 말했습니다.

"주인님께서는 이번에는 전쟁터까지 걸어서 가셔야 되겠습니다. 고된 일에다 먹는 것이 부실해서 주인께서는 저를 나귀로 만드셨습니다. 주인께선 저를 순식간에 다시 말로 되돌아가게 하실 수 없습니다."

교훈
지금 편안한 생활을 할 수 있다고 해서 어려웠던 시절을 망각하지 마라.*
인간들은 필요할 때는 신주 모시듯 하던 대상이라도 절실하지 않게 되면 찬밥 대접을 하기 일쑤다.*

119
소들과 푸줏간 주인들

옛날 옛적에 푸줏간 주인들이 사회적 서열 속에서 저지르는 대학살 때문에 소들은 그들에게 복수하기로 결심하고 어느 정해진 날에 그들을 죽이려고 음모를 꾸몄습니다. 소들은 모두 함께 모여 그 계획을 실천할 최상의 방법을 토론하고 닥쳐올 난투를 위해 좀 더 사나운 소들은 각자의 뿔을 날카롭게 가는 일에 매달렸습니다. 그때 한 늙은 소가 나서더니 말했습니다.

"형제들, 들어봐요. 여러분들이 푸주한들을 미워할 충분한 이유가 있다는 것은 나도 압니다. 하지만 여하튼 그들도 자신들의 직업을 이해하고 불필요한 고통을 주지 않으면서 자기들이 해야 할 일을 하고 있는 것입니다. 그런데 우리가 그들을 죽이면 경험도 없는 다른 인간들이 우리를 도살하도록 배치될 것이며 엉터리 솜씨로 우리에게 큰 고통을 가할 것입니다. 다시 말씀드려서 비록 모든 푸주한이 사라진다 하더라도 인간들이 쇠고기를 먹지 않고 살아가지는 않을 거라는 점은 확실하지 않습니까?"

교훈
아무리 미운 상대라도 입장을 바꿔놓고 생각하는 자세가 필요하다.

120
늑대와 사자

늑대 한 마리가 양떼 속에서 어린 양을 한 마리 훔쳐서는 느긋하게 먹으려고 운반하는 중이었습니다. 그때 그는 사자를 만났습니다. 사자는 늑대에게서 먹이를 빼앗고는 그것을 가지고 걸어가 버렸습니다. 늑대는 감히 저항할 수 없었지만 사자가 어느 정도 저편으로 가자 말했습니다.

"내 것을 이렇게 빼앗아가다니 넌 정말 양심도 없는 놈이야."

사자는 웃음을 터뜨리며 큰 소리로 응답을 보냈습니다.

"하긴 이것은 당연히 네 것이야. 틀림없지! 하지만 뭐랄까, 친구에게 선물로 준 것이라고 생각해라. 됐지?"

교훈
사람 위에 사람 있고 강한 자 위에 더 강한 자 있다.

121
양과 늑대와 수사슴

  한 수사슴이 자기 친구인 늑대가 보증을 설 것이라면서 양에게 밀을 좀 꾸어달라고 부탁했습니다. 그러나 양은 그 두 짐승들이 자기를 속이려는 것이 아닐까 하는 생각이 들어 사양하겠다면서 말했습니다.

"늑대는 원하는 것이면 그냥 움켜잡고 값을 지불하지도 않고 가지고 뛰는 버릇이 있거든. 그리고 너도 나보다 훨씬 빨리 뛸 수 있잖니? 그래서 빚 갚을 날이 온다 한들 내가 어떻게 너희들 중 하나를 쫓아가 따라잡을 수 있겠니?"

교훈
두 검은색은 합쳐도 흰색이 되지 않는다.

122
시자와 세 마리 황소

황소 세 마리가 초원에서 풀을 뜯어 먹는데, 사자 한 마리가 그들을 감시하고 있었습니다. 사자는 그들을 잡아먹고 싶었지만 저들이 함께 있는 한 그 세 마리의 적수가 되지 않는다는 생각이 들었습니다.

그리하여 사자는 거짓 속삭임과 악의에 찬 귀띔을 구사하기 시작하여 소들 사이에 질시와 불신을 촉진시켰습니다. 이 전략은 대성공을 거두어서 얼마 지나지 않아 소들은 서로 냉랭해지고 정답지 않게 되었고 종국에 가서는 서로를 피하고 각기 떨어져서 풀을 뜯었습니다. 이것을 보자마자 사자는 그들을 하나씩 공격하여 차례로 그들을 죽여버렸습니다.

교훈
친구들 사이의 불화는 적에게 기회다.

123
말과 등에 탄 사람

자신이 말을 잘 탄다는 잘못된 생각에 사로잡힌 한 젊은이가 있었는데, 그는 제대로 길이 들지 않아서 다루기가 극히 힘든 말 등에 올라탔습니다. 안장에 사람의 무게를 감지하기가 무섭게 그 말은 날뛰며 뛰쳐나갔는데, 그놈을 정지시킬 방도는 전혀 없었습니다. 말 탄 젊은이의 친구가 길에서 그처럼 쏜살같이 달리는 그를 만나서 소리쳤습니다.

"그렇게 급히 어딜 가는 거야?"

그 질문에 말 탄 사람은 말을 손가락으로 가리키며 대답했습니다.

"몰라. 말한테 물어봐."

교훈
자만심이 화를 부른다.

124
염소와 포도넝쿨

한 염소가 포도밭 속을 이리저리 거닐면서 소담한 포도송이가 달린 넝쿨의 연한 새순들을 뜯어먹었습니다. 포도넝쿨이 말했습니다.

"내가 너한테 뭘 했기에 이처럼 나를 해치는 거지? 네가 뜯어 먹을 충분한 풀이 있지 않니? 하긴 어쨌거나 마찬가지인데, 내 잎을 모조리 먹어치우고 나를 완전히 발가벗겨도 네가 제물이 되려고 제단으로 끌려갈 때 너한테 부을 충분한 포도주를 나는 생산할 거라구."

교훈
자신보다 잘난 사람을 몰라보는 경우가 허다하다.

125
두 개의 항아리

하나는 질그릇 항아리였고 하나는 놋쇠 항아리였는데, 이 항아리 두 개가 홍수가 난 강물에 떠내려가고 있었습니다. 놋쇠 항아리는 자기 동반자더러 제 곁에 가까이 있으라고 종용했습니다. 자기가 보호해준다는 것이었습니다. 질그릇 항아리는 그에게 고맙다고 인사는 했지만 제발 무슨 일이 있어도 자기 가까이 오지 말라고 애원했습니다.

"가까이 있는 것이 나로서는 제일 겁나는 일이기 때문이야. 네가 한 번 건드리는 날에는 나는 조각조각으로 박살날 테니까."

질그릇이 말했습니다.

교훈
속성이 같아야 가장 좋은 친구가 된다.

126
늙은 사냥개

여러 해 동안 주인을 위해 잘 봉사하며 한때 많은 사냥감을 쫓아가 잡았던 사냥개가 늙어서 힘과 속도를 잃기 시작했습니다. 어느 날 사냥을 나갔을 때 주인이 기운찬 멧돼지를 놀라게 하여 도망치게 한 후 사냥개더러 추격하라고 명령했습니다. 사냥개는 멧돼지의 귀를 물었지만 이빨이 없었기 때문에 계속 물고 있을 수 없었습니다. 따라서 멧돼지는 도망치고 말았습니다. 주인은 사냥개를 호되게 야단쳤습니다. 그러나 사냥개는 주인의 말을 가로채며 말했습니다.

"저의 의지는 전이나 다를 바 없이 강합니다, 주인님. 하지만 제 육신이 늙어서 허약합니다. 지금의 저를 욕하지 마시고 오늘에 이르기까지의 저를 칭찬하셔야 합니다."

교훈
과거의 공적을 잊어서는 안 된다.

127
광대와 지방 주민

한 귀족이 극장에서 대중 오락프로를 선사하겠다고 선언하면서 그 공연에서 발표할 새로운 재주를 가진 모든 사람에게 풍성한 상을 주겠다고 말했습니다. 그 선언은 많은 마법사들, 사기꾼들, 게다가 곡예사들을 끌어들였으며 그 중에는 군중에게 매우 인기 있는 광대가 끼어 있었습니다. 그 광대는 완전히 새로운 재능을 보여줄 것이라고 알려져 있었습니다.

공연일이 왔을 때 극장은 오락프로가 시작되기 훨씬 전에 꼭대기부터 바닥까지 만원을 이루었습니다. 몇몇 연기자들이 자신들의 재주를 발휘한 다음 그 인기 있는 광대가 빈손으로 혼자 등장했습니다. 즉시 기대에 찬 고요가 감돌았습니다. 그러자 광대는 머리를 가슴에 떨구고는 꿀꿀 끼익끼익 하는 돼지 울음소리를 매우 완벽하게 모방했기 때문에 관중은 돼지를 꺼내보라고 주장했습니다. 관중은 그가 몸 어딘가에 돼지를 숨기고 있음에 틀림없다고 말했습니다. 그러나 광대는 자기 몸에 돼지 같은 것은 없다는 것을 관중에게 확인시켰습니다. 그러자 박수 소리는 귀를 멍멍하게 할 뿐이었습니다.

관중 중에는 지방 주민 한 명이 있었는데, 그 사람은 광대의 연기를 깔보며 자기가 내일 같은 재주를 훨씬 더 잘 시범해 보이겠다고 선언했습니다. 그리하여 다시 한 번 극장은 관객으로 넘쳤고 광대는 다시 군중의 환호 속에서 돼지 흉내를 보여주었습니다.

한편 그 지방 주민은 무대에 오르기 전에 그의 겉옷 밑에다 살진 새끼 돼지를 숨겨놓았는데, 관중이 야유하며 할 수 있으면 더 잘해 보라고 명령하자 돼지의 귀를 꼬집어 돼지가 큰 소리로 비명을 지르게 만들었습니다. 그러나 관중은 모두 한 목소리로 광대의 흉내가 더 진짜 돼지 소리 같다고 외쳐대는 것이었습니다. 그러자 그 지방 주민은 자기의 겉옷 밑에서 돼지를 꺼내들고 야유조로 말했습니다.

"자, 보시오. 여러분이 얼마나 엉터리 심판인지를 보여주는군요."

교훈
훌륭한 예술 작품은 현실보다 더 현실감을 안겨준다.

128
종달새와 농부

종달새 한 마리가 옥수수 밭에 보금자리를 틀고 익어가는 곡식을 지붕 삼아 한 배의 새끼들을 키우고 있었습니다. 어느 날 어린 것들의 깃이 완전히 자라기 전이었는데, 수확할 곡식을 보러 와서 빠르게 익어가는 것을 본 농부가 말했습니다.

"와서 우리 밭 곡식 수확을 도와달라고 이웃들에게 알려야겠군."

어린 종달새 한 마리가 그 말을 엿듣고는 매우 놀라서 어미 종달새에게 즉시 이사하는 것이 좋지 않겠느냐고 물었습니다.

"급할 것 없다. 친구들이 도와줄 것을 기대하는 사람은 무엇을 해도 시간이 걸린단다."

어미가 대답했습니다. 며칠 후 농부가 다시 와서 곡식알이 너무 익어서 깍지에서 땅으로 떨어지는 것을 보았습니다.

"더는 미룰 수 없군. 바로 오늘 일꾼들을 사서 즉시 일을 시켜야겠군" 하고 농부가 말했습니다.

종달새가 그 말을 듣고 새끼들에게 이야기했습니다.

"얘들아, 가자. 우리는 떠나야겠다. 이번에는 농부가 친구 이야기는 하지 않고 손수 일할 모양이다."

교훈
손수 하는 것이 가장 좋은 도움이다.

129
사자와 나귀

사자와 나귀가 동업자가 되어 함께 사냥하러 나섰습니다. 얼마 후 그들은 산양들이 많이 있는 굴에 다다랐습니다. 사자는 굴 입구에 자리 잡고 서서 산양들이 나오기를 기다리는 한편 나귀는 안으로 들어가서 산양들을 놀라게 하여 밖으로 나오도록 하려고 있는 힘을 다하여 큰 소리로 나귀 울음을 울어댔습니다. 산양들이 나오자 사자는 하나하나 때려눕혔습니다. 동굴이 텅 빈 상태가 되자 나귀가 나와서 말했습니다.

"내가 저것들을 멋지게 놀래주지 않았습니까?"

그러자 사자가 말했습니다.

"그렇다는 생각이 드는군. 참, 원, 네가 나귀라는 것을 몰랐다면 나도 돌아서서 달아났을 거다."

교훈
누구에게나 뭔가 한 가지 잘하는 것이 있다.

130
예언자

한 예언자가 장터에 앉아 그의 수고를 돈으로 사기를 원하는 모든 사람의 운수를 이야기해주고 있었습니다. 갑자기 한 사람이 달려오더니 예언자에게 그의 집에 도둑이 들어 손에 넣을 수 있는 것은 모두 가지고 달아났다고 알려주었습니다. 그는 당장 일어나서 자기 머리카락을 뜯어내며 그 악당 도둑들에게 저주 섞인 욕을 퍼부으며 달려가 버렸습니다. 그것을 구경하던 방관자들은 몹시 재미있다는 표정이었고 그 중 한 사람이 말했습니다.

"저 친구는 남들에게 일어날 일은 안다고 공언하는데, 자기를 기다리고 있는 일을 알 만큼 똑똑하진 못한 것 같군."

교훈
제 일도 제대로 못 하면서 남의 일에 끼어들어 훈수 두는 인간들도 있다.

131
사냥개와 산토끼

한 어린 사냥개가 산토끼를 추격하여 잡고서는 한 순간 그것을 막 죽일 것처럼 이빨로 재빠르게 공격하더니 다음 순간 그 토끼를 놔주고 마치 다른 개와 놀듯이 산토끼 둘레를 경쾌하게 뛰어 돌아다녔습니다. 마침내 산토끼가 말했습니다.

"너의 진짜 모습을 보여주었으면 좋겠구나. 네가 나의 친구라면 왜 나를 무니? 내 적이라면 왜 나와 함께 노니?"

교훈
두 가지 상반되는 행동을 하는 자는 친구가 아니다.
이 우화 속에서도 이솝이 동물들의 행동을 정확히 관찰하고 있다는 것을 엿볼 수 있다. 개나 고양이는 잡은 쥐나 그 밖에 다른 먹잇감을 가지고 노는 습관이 있다.

132
사자와 생쥐와 여우

사자 한 마리가 그의 동굴 입구에 누워 잠들어 있었는데, 생쥐가 그의 등을 뛰어넘으며 그를 간질이는 통에 사자는 놀라서 눈을 뜨고 자기의 잠을 방해하는 것이 무엇인가를 알려고 주위 사방을 둘러보았습니다. 이것을 바라보던 여우가 있었는데, 그 여우는 사자를 놀리는 농담을 한 번 해야지 하고 생각했습니다. 그래서 여우가 말했습니다.

"저 말인데, 사자가 생쥐를 무서워하는 것은 오늘 처음 봤수다."

그러자 사자는 퉁명스럽게 말했습니다.

"생쥐를 무서워해? 아니야! 내가 참을 수 없는 것은 그놈의 못된 버르장머리야."

교훈
예의를 모르는 젊은이들이 너무 많다.

133
늑대와 왜가리

옛날에 늑대 한 마리가 있었는데, 목에 뼛조각이 걸리고 말았습니다. 그리하여 늑대는 왜가리에게 가서 긴 부리를 자기 목에 넣어 그 뼈를 좀 빼달라고 간청했습니다.

"네가 그걸 빼주면 보람 있는 일을 나에게 해준 것으로 생각할게" 하고 늑대는 말을 덧붙였습니다.

왜가리는 부탁받은 대로 부리를 집어넣어 뼈를 전혀 힘들이지 않고 빼주었습니다. 늑대가 왜가리에게 심심한 감사를 하고 막 몸을 돌려 떠나려 했을 때 왜가리가 소리쳤습니다.

"수고의 대가는 어떻게 되는 겁니까?"

"뭐가 어떻게 되느냐고?" 하고 늑대가 쏴붙였습니다. 그러고는 이빨을 드러내며 말했습니다.

"네가 네 머리를 늑대님의 입 속에 넣은 적이 있다. 그런데도 잘리지 않았다고 자랑하며 돌아다닐 수 있지 않니? 더 뭘 바라니?"

교훈

사악한 자들에게 봉사할 때에는 보답을 기대하지 말고 다치지 않은 것만도 고맙게 여겨라.

시대가 변하고 바뀌어선지 이 우화의 모럴이 역자에겐 달리 생각된다. "돈 안 들이고 네 선전되는 게 어디냐?"●

134
포로로 잡힌 나팔수

한 나팔수가 군대의 선봉에 서서 전장으로 행군하며 사기를 고취하는 곡으로 전우들에게 용기를 불어넣고 있었습니다. 적에게 생포되자 그는 살려달라고 애원하며 말했습니다.

"저를 죽이지 마십시오. 저는 아무도 죽이지 않았습니다. 사실 저는 무기도 없고 다만 여기 제 나팔만 가지고 다닙니다."

그러나 그를 잡은 자는 대답했습니다.

"그러니까 너를 죽여야 할 이유가 더 명확하단 말이다. 너 자신은 싸우지 않지만 다른 군인들이 싸우도록 선동하기 때문이야."

교훈
선동하는 자들이 더 가증스럽다.

135
독수리와 고양이와 암멧돼지

독수리 한 마리가 높은 나무 꼭대기에 둥지를 틀었고, 식구가 딸린 고양이는 훨씬 아래쪽 나무 몸통에 난 구멍을 차지했고 암멧돼지와 어린 것들은 나무 밑에 거처를 정하고 있었습니다. 고양이의 악한 교활함만 없었다면 그들은 이웃으로서 잘 지냈을 것입니다. 고양이가 독수리의 둥지로 기어 올라가 독수리에게 말했습니다.

"너와 나에게는 큰 위험에 닥칠 수도 있어. 우리가 늘 본 것처럼 나무 밑을 항상 파내는 저 무서운 짐승 말야. 멧돼지 말인데, 그 짐승이 너의 식구와 내 식구들을 느긋하게 잡아먹으려고 나무의 뿌리를 뽑아버릴 속셈이라구."

무서워서 거의 실신할 지경으로 독수리를 몰고 나서 고양이는 나무를 기어 내려와 암멧돼지에게 말했습니다.

"저 무서운 새 독수리 말인데, 넌 그 새를 조심하란 말야. 제 새끼들을 먹이려고 날아 내려와서 네가 새끼들을 밖으로 데리고 나올 때 한 마리를 채갈 기회를 호심탐탐 노리고 있거든."

고양이는 독수리에게 했던 것처럼 암멧돼지에게 겁을 주는 데 성공했습니다. 그러고 나서 고양이는 나무 몸통에 있는 자신의 굴로 돌아왔습니다. 고양이는 겁에 질린 척하면서 낮에는 결코 밖으로 나오지 않았습니다. 다만 밤이 되면 새끼들에게 줄 먹거리를 얻으려고 남의 눈에 띄지 않게 기어나왔습니다. 그러는 동안 독수리는 둥지에서 나오기가 무서웠고 암멧돼지는 뿌리 사이에 있는 자기 집을 감히 떠나지 않았습니다. 그리하여 시간이 흐르자 독수리와 멧돼지와 그들의 식구들은 굶어죽고 그 시체들은 고양이의 자라나는 새끼들을 위한 풍부한 먹잇감을 제공했습니다.

교훈
교활한 자들의 이간질에 넘어가지 마라.

136
늑대와 양

늑대 한 마리가 개들의 성가신 공격을 받고 호되게 물려 오랫동안 죽은 듯이 누워 있었습니다. 이윽고 회복되기 시작하자 늑대는 매우 배가 고파 지나가는 양을 소리쳐 불러 세우고 말했습니다.
"가까운 냇물에 가서 물 좀 떠다주지 않으련? 뭐 마실 것만 있어도 고기는 먹을 수 있겠는데."
그러나 양은 바보가 아니었습니다.
"내가 물을 떠다주는 날에는 네가 쉽사리 고기를 얻을 수 있다는 것쯤은 나도 잘 알아. 그럼 안녕" 하고 양이 말했습니다.

교훈
위선은 거짓에 가깝다.

137
다랑어와 돌고래

다랑어가 돌고래의 추격을 받아 무서운 속도로 물탕을 일으키며 물을 가르고 있었지만 돌고래가 차츰 차츰 따라잡으며 이제 그를 덥석 물 지경에 이르렀을 때였습니다. 도주하는 무서운 속도에서 나온 힘이 다랑어를 모래언덕으로 밀어올리고 말았습니다. 추격의 열기 속에서 돌고래도 다랑어를 뒤따라 왔습니다. 그리하여 두 물고기는 모두 물 밖으로 튕겨 나와 귀중한 생명을 잃지 않으려고 숨을 헐떡였습니다. 자기의 적이 자기처럼 죽을 운명에 처한 것을 본 다랑어가 말했습니다.

"난 지금 죽어야 하는 신세가 된 것 상관 안 해. 내 죽음의 원인을 제공한 놈도 같은 운명을 함께할 테니까."

교훈
적이나 미운 놈이 죽는다면 난 죽어도 한이 없다.

138
세 장사꾼

어떤 도시의 시민들은 도시의 안정을 더욱더 확고히 하려고 축조할 예정인 요새에다 사용할 가장 좋은 소재가 무엇인가를 두고 논쟁을 벌이고 있었습니다. 한 목수가 일어나 목재를 쓰라고 권고했습니다. 그의 말로는 목재는 구하기 쉽고 작업이 수월하다는 것이었습니다. 석수 한 사람이 불타기 쉽다는 이유로 목재의 사용에 반대하며 대신 돌을 추천했습니다. 다음으로 가죽을 다루는 무두장이가 일어나 말했습니다.

"본인 의견으로는 가죽에 비할 것은 없습지요."

교훈
누구나 제 이익을 생각한다.

139
생쥐와 황소

황소 한 마리가 제 코를 문 생쥐를 쫓고 있었는데, 황소가 추격하기에는 너무나 잽싼 생쥐는 벽에 난 구멍으로 들어가 버렸습니다. 황소는 무서운 힘으로 벽을 들이받고 또 받다가 마침내 지치더니 너무 힘을 쓴 나머지 녹초가 되어 땅에 주저앉았습니다. 사방이 조용해지자 생쥐는 잽싸게 나와 황소를 다시 물어뜯었습니다. 화가 나서 미칠 지경이 된 황소는 일어나려고 몸을 일으켰지만 그때는 벌써 생쥐가 다시 구멍으로 들어간 후였습니다. 그리하여 황소는 속절없는 분노에 휩싸여 식식거리며 콧김을 불어낼 뿐이었습니다. 이윽고 황소는 벽 안쪽에서 날카로운 작은 목소리가 말하는 것을 들었습니다.

"너희들, 덩치 크다고 너희 마음대로 되는 줄 아니? 우리 작은 것들이 최고가 될 때도 있는 거라구."

교훈
강자가 항상 싸움에서 이기는 것은 아니다.

140
산토끼와 사냥개

사냥개 한 마리가 산토끼를 놀라게 해 굴에서 나오게 한 다음 얼마간의 거리를 추격했습니다. 그러나 산토끼가 차츰 차츰 속도에서 앞섰기 때문에 사냥개는 추격을 포기했습니다. 이 경주를 보고 있던 한 촌놈이 추격에서 돌아오는 사냥개를 만나 그 패배에 대해 사냥개를 조롱했습니다.

"그 작은 녀석한테 넌 상대가 안 되더구나."

촌놈이 말했습니다.

"아, 그건…… 먹을 것을 얻으려고 달리는 것하고 목숨을 건지려고 달리는 것하고는 전혀 별개의 문제야."

사냥개가 말했습니다.

교훈

죽느냐 사느냐가 걸려 있을 때 인간은 자기 능력 이상의 능력을 발휘한다.

141
도시 쥐와 시골 쥐

도시에 사는 쥐 한 마리와 시골 쥐가 친구였는데, 어느 날 시골 쥐가 들판에 있는 자기 집으로 와서 서로 만나자고 그 친구를 초대했습니다. 도시 쥐가 왔을 때 그들은 보리와 여러 가지 뿌리로 이루어진 식사를 하려고 자리에 앉았는데, 그 뿌리들은 흙냄새가 진동하는 것이었습니다. 그런 음식은 손님의 구미에 그다지 맞는 것이 아니었습니다. 이윽고 떠나면서 도시 쥐가 말했습니다.

"사랑하는 가엾은 친구야, 너의 생활은 개미보다 나을 것도 없구나. 이제 내가 어떻게 지내나 보기만이라도 해봐. 우리 식품 보관실엔 으레 먹을 것이 풍부해. 와서 우리 집에 머물러 봐. 약속하겠는데, 네가 호화스러운 생활을 맛보도록 해줄게."

그리하여 도시로 돌아올 때 시골 쥐를 데려와서 그에게 식품 보관소를 보여주었습니다. 그곳에는 밀가루, 귀리, 무화과, 꿀과 대추 등이 보관되어 있었습니다. 시골 쥐는 이런 것들을 본 적이 없어서 친구가 마련해주는 호사스런 음식을 즐기려고 자리에 앉았습니다. 그러나 그들이 식사를 막 시작하려던 참에 식품 보관소의 문이 열리더니 누군가가 들어왔습니다. 두 생쥐는 허겁지겁 달아나 좁고 지독히 불편한 구멍 속에 몸을 숨겼습니다. 곧 사방이 조용해지자 두 쥐는 위험을 무릅쓰고 다시 나왔습니다. 그러나 또 다른 사람이 들어

왔기 때문에 그들은 다시 허둥지둥 달아났습니다. 이런 일은 방문자로서는 참을 수 없는 것이었습니다.

"잘 있어. 난 갈 테야. 내 보기에 너는 마음껏 사치하며 살는지 모르지만 너는 위험에 둘러싸여 있어. 반면 나는 뿌리와 곡식으로 간소한 만찬을 마음 편히 즐길 수 있단 이 말이야."

시골 쥐가 말했습니다.

교훈

호화 사치를 누리며 불안 속에 사는 것보다 가난하고 소박하지만 마음 편히 사는 쪽이 더 낫다.

142
사자와 황소

사자가 한 무리의 소 떼 사이에서 목초를 뜯는 멋지고 살이 오른 황소를 보고는 그 소를 잡을 방법을 궁리했습니다. 그래서 자기는 지금 양 한 마리를 잡아먹으려 하는데, 같이 식사하는 영광을 갖게 해달라는 전언을 황소에게 보냈습니다. 황소는 그 초대를 받아들였지만 사자의 굴에 도착했을 때 많은 소스 냄비와 고기 굽는 불꼬챙이들이 즐비하고 양의 모습은 그림자도 없는 것을 보았습니다. 그리하여 황소는 휙 돌아서서 빠른 걸음으로 그 자리를 떠났습니다. 사자는 섭섭한 목소리로 등 뒤에서 소리치며 돌아가는 이유를 물었습니다. 그러자 황소는 돌아서서 말했습니다.

"이유야 많지요. 당신의 모든 준비물을 보았을 때 즉각 이번 제물은 양이 아니라 황소라는 생각이 떠오르더군요."

교훈
새가 보는 곳에서 새그물을 쳐봤자 소용없다.

143
늑대와 여우와 원숭이

늑대 한 마리가 여우를 절도죄로 고소하자 여우는 모두 부인했습니다. 그래서 재판을 받으려고 이 사건의 기소장을 원숭이 앞으로 제출했습니다. 원숭이 재판관은 양편에게서 증거를 청취한 뒤 다음과 같이 판결을 내렸습니다.

"아, 늑대씨, 귀하가 잃어버렸다고 주장하는 것을 귀하가 잃었다고는 생각하지 않소이다. 마찬가지로 당신 여우씨는 아무리 부인하고 계신데도 절도죄가 있다고 믿는 바입니다" 하고 원숭이 재판관이 말했습니다.

교훈
정직하지 못한 자들은 설사 그들이 정직하게 행동해도 신임받지 못한다.

144
독수리와 수탉들

같은 농장 마당에 수탉 두 마리가 있었습니다. 그들은 누가 우두머리가 되어야 하느냐를 결정하려고 싸웠습니다. 싸움이 끝나자 진 놈은 어두운 구석으로 가서 몸을 숨겼고 반면에 이긴 놈은 마구간 지붕으로 날아올라가 기운 좋게 울었습니다. 그러나 독수리가 하늘 높은 곳에서 그놈을 발견하고는 수직으로 낙하하여 그 수탉을 채갔습니다. 뒤이어 싸움에서 졌던 수탉은 구석에서 나와 아무 경쟁자 없이 닭장을 통치했습니다.

교훈
자만심에는 몰락이 뒤따른다.

145
도주한 갈가마귀

어떤 남자가 갈가마귀를 잡아가지고 한쪽 다리에 한 가닥 끈을 매놓고 애완동물 삼으라고 자기 자식들에게 주었습니다. 그러나 갈가마귀는 사람들과 함께 살아가야 하는 신세를 전혀 좋아하지 않았습니다. 그래서 얼마 후 꽤 길들였다고 생각한 아이들의 감시가 느슨해졌을 때 그 새는 살짝 빠져나와 옛날 살던 곳으로 날아가 버렸습니다. 불행하게도 끈은 아직 새의 발에 묶여 있었는데, 얼마 후 그 끈이 나뭇가지에 엉켜버려서 갈가마귀는 아무리 노력해도 자유로울 수 없었습니다. 그 끈이 항상 자신을 따라다니는 것을 갈가마귀는 보고 절망에 빠져 울부짖었습니다.

"아, 내 자유를 얻느라 내 목숨을 잃었구나."

교훈
자유의 대가는 비싸다.*
이 이야기는 여러 가지 해석이 가능하다. 자유는 사회발전의 원동력이 되는 긍정적인 면이 있어 반가이 맞이할 대상인 반면 이 이야기의 주인공이 다리에 매어 있는 끈을 제거하지 못한 채 얻은 자유는 사회혼란과 방종과 파멸을 수반한다는 의미가 내포된 우화이기도 하다. 그러면 그 끈은 도대체 무엇일까? 그것은 낮은 민도와 무지로 해석할 수도 있을 것이다.*

146
농부와 여우

한 농부가 여우 때문에 몹시 골치를 앓고 있었습니다. 여우가 밤이 되면 그의 마당을 이리저리 살피다가 닭들을 훔쳐갔기 때문이었습니다. 그래서 농부는 여우 덫을 놓아 그놈을 잡았습니다. 그러고는 그에게 복수하려고 여우 꼬리에 아마 뭉치를 매달고 거기다 불을 붙이고 나서 놓아주었습니다. 그러나 운수가 나쁘게도 여우는 옥수수가 익어서 벨 준비가 된 밭으로 내달렸습니다. 그 밭은 순식간에 불이 붙어 모든 것이 타버렸습니다. 농부는 모든 수확을 잃고 말았습니다.

교훈

복수는 양날의 칼이다.

147
아프로디테와 고양이

어떤 고양이가 있었는데, 이 고양이는 잘생긴 젊은이에게 반해서 아프로디테 여신에게 자기를 여자 인간으로 바꿔달라고 간청했습니다. 아프로디테는 이 간청을 친절하게 받아들여 고양이를 아름다운 아가씨로 변신시켰습니다. 그 젊은이는 첫눈에 그녀에게 반해 얼마 후 그녀와 결혼했습니다.

어느 날 아프로디테 여신은 그 고양이가 외형과 함께 습관도 바꿨는지 어쩐지 보고 싶다는 생각이 들었습니다. 그래서 여신은 그 부부가 있는 방에다 생쥐 한 마리를 풀어놓았습니다. 그 젊은 여자는 모든 것을 잊고 생쥐를 보자마자 껑충 뛰어 일어나 총알처럼 빠르게 쥐를 추적했습니다. 그것을 본 아프로디테 여신은 기분이 상해서 그녀를 다시 고양이로 되돌려놓았습니다.

교훈
제 버릇 결코 남주지 못한다.*

148
까마귀와 백조

백조의 아름답고 흰 깃털을 보고 까마귀는 부러워 죽을 지경이었습니다. 까마귀는 백조가 저런 것은 늘 목욕하고 수영하는 물 때문이라고 생각했습니다. 그리하여 까마귀는 제물로 바친 고깃점을 주워먹음으로써 생활을 이어가던 제단 근처를 떠나 연못과 냇물들 사이로 가서 살았습니다. 그러나 하루에 여러 번씩 목욕하고 깃털을 빨았지만 그의 깃털은 조금도 하얗게 되지 않았고 게다가 종국에 가서는 굶어죽고 말았습니다.

교훈
인간은 습성은 바꿀 수 있지만 본성은 바꿀 수 없다.

149
외눈박이 수사슴

한쪽 눈이 먼 수사슴 한 마리가 바닷가 근처에서 풀을 뜯으면서 성한 눈은 사냥개들의 접근을 감시하려고 육지 쪽으로 향하고 있었고 먼 눈은 바다 쪽으로 돌리고 있었는데, 바다 쪽에서 위험이 오리라고는 추호도 생각하지 않았기 때문이었습니다. 그러나 막상 바다 연안을 따라 장사하고 돌아다니는 선원들이 그 사슴을 보고 화살을 쏘아 치명적인 부상을 입히는 일이 일어났던 것입니다. 누워 죽어가면서 사슴은 자신에게 중얼거렸습니다.

"나는 그야말로 불쌍한 놈이구나. 나는 육지의 위험을 생각했는데, 그곳에서는 아무도 나를 공격하지 않았지. 한데 바다에서 오는 위험은 전혀 우려하지 않았는데 그만 그쪽에서 나의 파멸이 오다니!"

교훈

불운은 예상치 못한 방향에서 우리를 공격하는 경우가 흔하다.

150
파리와 짐수레 노새

파리 한 마리가 수레의 한쪽 채 위에 앉아서 수레를 끄는 노새에게 말했습니다.

"넌 느리기도 하다. 네 발걸음의 속도 좀 고쳐라. 안 그러면 내 침을 너를 모는 막대기로 사용해야겠다."

파리의 말에 노새는 조금도 동요하지 않았습니다.

"내 뒤 수레 안에 내 주인님이 앉아 계시다. 그분이 고삐를 잡고 채찍으로 나를 때리면 난 복종하지. 하지만 네가 건방떠는 말은 질색이다. 나는 빈둥빈둥 걸어도 되는 때와 그러면 안 되는 때를 알고 있다 이 말이다."

교훈
주제파악은 못 하면서 건방떨지 마라.

151
늑대와 목동

늑대 한 마리가 오랫동안 양 떼 가까이에서 어슬렁거렸는데, 그 늑대는 양들을 괴롭히려는 시도를 전혀 하지 않았습니다. 처음에 목동은 늑대를 날카롭게 감시했습니다. 늑대는 해악을 의미한다는 것이 목동의 자연스런 생각이었기 때문이었습니다. 그러나 시간이 지나고 늑대가 양 떼를 방해하려는 기미를 전혀 보이지 않자 목동은 늑대를 적이라기보다 보호자로 간주하기 시작했습니다.

그런데 어느 날 무슨 심부름 때문에 목동이 도시로 가게 되었습니다. 목동은 늑대를 양들과 함께 두는 것에 전혀 불안을 느끼지 않았습니다. 그러나 목동의 모습이 보이지 않게 되자마자 늑대는 양 떼를 공격하여 많은 양을 죽이고 말았습니다. 돌아와서 늑대가 쑥밭을 만들어놓은 것을 보고 목동은 울부짖었습니다.

"양 떼를 늑대에게 맡기다니 난 벌 받아야 싸!"

교훈
악한 자들은 결코 신뢰해서는 안 된다.

152
수탉과 보석

먹을 것을 찾느라 땅을 긁던 수탉이 우연히 거기에 떨어진 보석 하나를 파올렸습니다. 수탉은 말했습니다.

"호! 분명 너는 좋은 물건이구나. 네 주인이 너를 발견했다면 몹시 기뻐했을 텐데. 하지만 난 어떤가 하면 이 세상 모든 보석보다 한 톨의 곡식을 주라구."

교훈
사물의 가치는 보는 사람의 눈 속에 있다.

153
농부와 황새

한 농부가 최근에 파종한 밭에 덫을 몇 개 놓았습니다. 파종한 씨를 주워먹으려고 찾아오는 학들을 잡으려는 것이었습니다. 다시 덫을 보러 왔을 때 농부는 몇 마리 학이 잡힌 것을 발견했으며 그 중에는 황새 한 마리가 끼어 있었습니다. 그 황새는 놔달라고 애원하며 말했습니다.

"나를 죽이면 안 됩니다. 아저씨가 내 깃털을 보면 쉽게 아시겠지만 나는 황새입니다. 그리고 나는 새 중에서 가장 정직하고 해가 없는 새입니다."

그러나 농부가 답했습니다.

"네가 무엇이든 나한테는 아무 상관없어. 너는 내 곡식을 망치는 이 학들 사이에 있었어. 그러니까 학들과 마찬가지로 고통을 받게 하겠다."

교훈

당신이 나쁜 무리와 어울리면 당신만은 결코 나쁘지 않다고 믿을 사람은 없다. 사회 생활을 영위할 때 도매금으로 넘어가지 않도록 조심하라.

154
군대와 방앗간 주인

등에 군인을 태우고 전장으로 가는 데 사용되었던 말이 이제 늙었다는 것을 자각하고 전장이 아니라 방앗간에서 일하기로 했습니다. 이 말은 이제 더는 북소리에 맞춰 자부심에 가득 차서 전장으로 걸어 나가지 못하고 곡식을 갈아 가루로 만드느라 온종일을 노예처럼 일해야 했습니다. 자신의 고달픈 운명을 한탄하며 그 말은 어느 날 방앗간 주인에게 말했습니다.

"아, 내 몸을 보십시오. 나도 한때는 붉은색 성장을 하고 나의 필요를 돌보는 것이 유일한 의무인 마부의 시중을 받는 멋진 군마였습니다. 나의 현재의 입장은 얼마나 그때와 다른지 모릅니다. 방앗간에 오려고 전장을 포기하는 게 아니었는데."

방앗간 주인은 무뚝뚝하게 대답하는 것이었습니다.

"과거는 후회해도 소용없어 운명에는 많은 흥망성쇠가 따르는 법이야. 오면 오는 대로 가면 가는 대로 흥망성쇠를 받아들여야 해."

교훈

닥쳐온 운명을 거역하지 말고 받아들여라. 인간 만사 새옹지마라 하지 않았던가.

155
베짱이와 개미

어느 화창한 겨울날이었습니다. 몇 마리 개미들이 저장했던 곡식을 말리고 있었습니다. 그 곡식이 긴 장마 동안에 좀 축축해졌기 때문이었습니다. 이윽고 한 베짱이가 나타나 곡식알 몇 개를 나누어달라고 개미들에게 간청했습니다. 베짱이가 말했습니다.

"난 다른 말 할 것 없이 굶어죽을 지경이에요."

개미들은 자기들의 생활 원칙에 위배되는 일이었지만 잠시 일손을 멈췄습니다.

"댁은 지난 여름 내내 무엇을 했느냐고 물어봐도 되나요? 왜 겨울에 먹을 양식을 비축하지 않았지요?"

개미들이 말했습니다. 그러자 베짱이가 말했습니다.

"실은 노래하느라 어찌나 바쁜지 시간이 없었습니다."

그러자 개미들이 응수했습니다.

"댁이 노래하고 여름을 보냈다면 춤추며 겨울을 보내는 게 더없이 좋겠네요."

그러고는 개미들은 킬킬 웃으며 일을 계속했습니다.

교훈
게으름은 빈곤을 가져온다.

156
베짱이와 부엉이

속이 빈 나무에 사는 부엉이는 밤에는 식사하고 낮에는 자는 습성이 있었습니다. 그런데 이 부엉이의 낮잠은 가지 사이에 집을 정한 베짱이의 울음소리 때문에 몹시 방해를 받았습니다. 부엉이는 반복해서 자기의 휴식을 좀 배려해달라고 베짱이에게 부탁했습니다. 그러나 베짱이는 어땠는가 하면 더 요란하게 울어댈 뿐이었습니다. 마침내 부엉이는 더는 참을 수 없게 되자 꾀를 써서 그 해충을 스스로 제거하기로 결심했습니다. 부엉이는 베짱이에게 자신의 방문을 알리고 나서 극히 상냥한 태도로 말했습니다.

"이건 정말이지 아폴론 신의 수금 소리처럼 감미로운 너의 노래가 듣고 싶어 내 잠을 못 자는데. 아테나 신이 요전날 나한테 준 감로주를 맛보고 싶으면 우리 집에 와서 같이 한잔 안 할래?"

베짱이는 자기 노래에 대한 칭찬을 듣고 우쭐해지고 그 맛있는 술 이야기에 입 속에서는 침이 돌았습니다. 그래서 베짱이는 그랬으면 좋겠다고 승낙했습니다. 베짱이가 부엉이가 앉아 있는 구멍 안으로 들어가기가 무섭게 부엉이는 베짱이를 공격하여 먹어치웠습니다.

교훈
불순한 칭찬은 죽음의 묘약.

157
농부와 독사

어느 겨울날 한 농부는 추위서 온몸이 얼고 감각을 잃은 독사 한 마리를 발견했습니다. 불쌍한 생각이 들어 농부는 그놈을 집어 올려 자기 가슴속에 넣었습니다. 독사는 따뜻한 온기에 다시 살아나자마자 은인에게 달려들어 치명적인 이빨 독을 그에게 주입했습니다. 가련하게 된 농부는 죽어가며 자리에 누운 채 말했습니다.

"그렇게 악독한 짐승에게 연민의 정을 쏟았으니 자업자득이지."

교훈
악인들에게 베푸는 친절은 낭비다.

158
두 마리 개구리

두 마리 개구리는 이웃이었습니다. 하나는 물이 풍부해서 개구리들이 사랑하는 습지에서 살았고 또 한 마리는 습지에서 좀 떨어진 오솔길에 살았기 때문에 그가 얻을 수 있는 물이란 비가 온 후 마차 바퀴 자국에 고인 물이 전부였습니다. 습지의 개구리는 친구에게 경고하며 친구더러 습지로 와서 함께 살자고 종용했습니다. 그 친구도 그곳으로 오면 더 안락할 것이고 더욱 중요한 것은 더 안전할 것이기 때문이었습니다. 그러나 상대방은 사는 데 습관이 들어버린 장소에서 이사할 마음이 좀처럼 나지 않는다고 말하며 거절했습니다. 며칠 후 육중한 짐마차가 오솔길을 내려와서 그 개구리는 바퀴 밑에 깔려 으스러져 죽었습니다.

교훈
선의에서 나온 친구의 충고는 받아들여야 한다.

159
의사가 된 구두 수선공

자신의 직업으로는 생계를 꾸려갈 수 없다고 생각한, 기술이 형편없는 구두 수선공이 구두 고치는 일을 포기하고 대신 의사노릇을 시작했습니다. 그는 모든 독을 방지하며 모든 인간에게 통하는 해독제 비법을 안다고 공표했는데, 자기 자랑하는 재능 덕택으로 큰 명성을 얻었습니다. 그러나 어느 날 그가 큰 병에 걸리자 국왕은 그 사람의 치료법이 지닌 가치를 검사하고 싶다는 생각을 떠올렸습니다. 국왕은 물 한 컵을 가져오라고 명령하고 해독제 일 회분을 붓고 나서 독을 섞는 척했지만 실은 물을 넣고는 그 돌팔이 의사에게 마시라고 명령했습니다. 죽을까 겁을 잔뜩 먹은 구두 수선공은 자기는 약에 대해 아는 것이 없으며 자기의 해독제도 가치 없는 것이라고 자백했습니다. 그러자 국왕은 신하들을 불러놓고 다음과 같이 연설했습니다.

"너희의 우둔함보다 더한 우둔함이 어디 있겠느냐? 아무도 수선해달라고 구두를 맡기지 않는 구두 수선공이 여기 있다. 그런데도 너희는 너희의 생명을 그에게 주저 없이 맡겨왔던 것이다."

교훈
사회 각계각층이 돌팔이 의사에게 속는 일은 동서고금을 막론하고 흔하다.

160
나귀와 수탉과 사자

　나귀와 수탉이 소 외양간에 함께 있었습니다. 얼마 후 며칠 굶은 사자가 와서 막 나귀를 덮쳐 잡아먹을 태세였습니다. 그때 수탉이 키를 있는 대로 늘리고 당당히 서서 힘차게 날개를 퍼덕이고는 우렁차게 꼬꾜 하고 울었습니다. 그런데 사자를 소스라치게 놀라게 하는 것이 하나 있다면 그것은 수탉의 울음소리였습니다. 사자는 이 시끄러운 소리를 듣기가 무섭게 도주하고 말았습니다. 이 광경을 보고 나귀는 지독히 우쭐해져서, 그 사자가 수탉과 대결하지 못한다면 나귀에 맞설 생각은 더더욱 못 할 것이라고 생각했습니다. 그리하여 나귀는 달려 나가서 사자를 추격했습니다. 그러나 수탉의 모습이 보이지 않고 우는 소리도 들리지 않게 되었을 때 사자는 갑자기 몸을 돌려 나귀를 잡아먹었습니다.

교훈
그릇된 자신감은 참화로 이끄는 경우가 많다.

161
복부와 신체의 다른 부위들

옛날에 신체의 구성원들이 복부에게 반기를 들었습니다. 그들은 복부에게 말했습니다.

"너는 사치나 하고 나태하게 산단 말야. 손 하나 까딱하지 않고 말야. 우리들은 해야 할 모든 일을 할 뿐 아니라 사실 너의 노예며 너의 모든 욕구를 충족시켜야 돼. 이제 우린 더는 그렇게 못 하겠으니까 네가 스스로 네 미래를 책임지라구."

그들은 말한 대로 약속을 지키며 복부가 굶도록 내버려두었습니다. 그 결과는 기대하려면 할 수도 있었을 그런 결과였습니다. 신체 전 부위가 작동을 중지하기 시작했고 따라서 신체의 구성원들 모두는 하나같이 전반적 붕괴에 참여하게 되었습니다. 그러고 나서야 그들은 자기들이 얼마나 어리석었던가를 깨달았지만 때는 너무 늦어 있었습니다.

교훈
사회성원들은 전체의 이익을 위해 함께 협력해야 한다.

162
대머리와 파리

파리 한 마리가 대머리진 사람의 머리에 자리 잡고 앉아 그를 물었습니다. 그 파리를 죽이겠다는 일념으로 대머리진 사람은 자신의 머리를 탁 소리가 나게 때렸습니다. 그러나 파리는 달아나서 야유하듯 그에게 말했습니다.

"겨우 한 번 살짝 문 것을 가지고 아저씨는 날 죽이고 싶어 안달이시군요. 아저씨가 자기 머리를 세게 때린 것에 대해서 아저씨 자신에겐 어떤 벌을 주시는 거죠?"

"아, 내가 나를 때린 것에 대해서는 난 전혀 원한이 없다. 내가 나에게 해를 끼칠 의도가 없었으니까. 그렇지만 너, 인간의 피를 빨고 사는 경멸해야 마땅한 곤충인 너에 대해서는 네 몸에서 생명 줄을 끊어놓는 만족감을 느껴봤으면 하는 것보다 더 큰 원한을 품어왔다."

교훈

소년이건 소녀건 청소년 흉악범들은 마음이 아파도 사회에서 추방해야 한다.[●] 청소년 범죄의 역사는 생각했던 것보다 오래되었다는 점에 관심이 간다. 사실 교훈과 소감을 말하긴 했지만 이번 편은 읽는 독자마다 달리 생각할 소지가 많은 우화다.[●]

163
나귀와 늑대

나귀 한 마리가 초원에서 풀을 뜯고 있었습니다. 멀리에서 그의 적인 늑대를 보자 나귀는 일부러 고통스러운 듯이 절룩거리며 걸었습니다. 늑대는 다가와서 왜 그렇게 발을 저느냐고 나귀에게 물었습니다. 그러자 나귀는 울타리를 통과하다가 가시덩굴을 밟았노라며 늑대더러 이빨로 그 가시를 빼달라고 간청했습니다.

"혹시 네가 나를 잡아먹을 경우 그 가시가 너의 목을 찔러 너를 심하게 다치게 할 테니까."

그렇게 해주겠다고 늑대는 말하고 나귀더러 발을 위로 올리라고 말하고는 온 정신을 그 가시를 빼는 데 썼습니다. 그러나 나귀는 갑자기 뒷발을 올려 늑대 입을 호되게 강타함으로써 늑대의 이빨을 부러뜨렸습니다. 그러고는 전속력으로 질주해 그곳을 떠났습니다. 입을 열 수 있게 되자마자 늑대는 속으로 으르렁거리며 말했습니다.

"난 이렇게 당해야 싸. 우리 아버지가 나에게 죽이는 것을 교육하셨으니 누구를 치료해주려고 할 게 아니라 그 죽이는 생업에 충실했어야 하는 건데."

교훈
이곳저곳에 머리를 디밀지 말고 자신이 전공한 직업에 매진하라.

164
원숭이와 낙타

모든 짐승의 모임에서 원숭이가 춤 시범을 보이며 좌중을 대단히 즐겁게 했습니다. 그 시범이 끝나자 우레와 같은 박수가 쏟아졌습니다. 이런 박수가 낙타의 부러움을 자극하여 저도 같은 방식으로 모인 짐승들의 호감을 사야겠다는 욕망이 치밀었습니다. 그리하여 낙타는 자기 자리에서 일어나 춤추기 시작했는데, 그가 옆걸음으로 이리저리 움직일 때 어찌나 우스꽝스런 자태를 드러내고 그 볼품없는 체격을 어찌나 괴상하게 과시했던지 모든 짐승은 야유하며 그에게 달려들어 그를 그 자리에서 추방했습니다.

교훈
너의 팔을 소매가 닿는 곳보다 멀리까지 뻗지 마라.

165
환자와 의사

한 환자가 의사의 왕진을 받았는데, 의사는 그에게 몸이 어떠냐고 물었습니다. 환자가 대답했습니다.
"선생님, 꽤 좋아요. 하지만 땀이 많이 나요."
"아, 그건 좋은 징조입니다."
의사가 말했습니다.
다음번에 다시 방문하여 의사는 같은 질문을 했습니다. 환자는 대답했습니다.
"여전합니다. 그런데 오한이 발작적으로 나기 시작했습니다. 오한이 나면 온몸이 춥고 떨립니다."
그러자 의사가 말했습니다.
"아, 그건 좋은 징조입니다."
의사가 세 번째 방문하여 전처럼 환자의 건강 상태에 대해 물었습니다.
그때 환자가 대답했습니다.
"몸에서 열이 많이 납니다."
그러자 의사는 말했습니다.
"아주 좋은 징조입니다. 당신은 참으로 잘하고 있는 겁니다."
그후 한 친구가 그 환자를 보려고 와서 어떻게 지내느냐고 물었습니다.

대답은 이러했습니다.

"사랑하는 친구야, 나는 좋은 징조라는 병으로 죽어가고 있네."

교훈

이솝 시대에도 많은 돌팔이 의사가 있었다는 것을 농담 형식으로 암시하는 글이다.

166
여행자들과 플라타너스

두 여행자가 더운 여름날에 살벌하고 먼지 나는 길을 따라 걸어가고 있었습니다. 이윽고 플라타너스나무에 이르렀을 때 그 뻗어나간 가지들이 주는 짙은 그늘 속에서 찜통 같은 햇볕을 피해 쉬려고 길을 벗어났습니다. 나뭇가지 사이를 올려다보며 쉬는 동안 한 여행자가 동료에게 말했습니다.

"플라타너스는 얼마나 쓸모없는 나문지 몰라. 열매도 맺지 않고 인간에게 어떤 봉사도 하지 않거든."

플라타너스는 화가 나서 그의 말을 가로챘습니다.

"당신, 고마운 줄도 모르는 위인아! 찌는 햇볕을 피해 내 그늘에 와서 쉬고 있으면서! 바로 내 신록의 시원한 그늘을 즐기면서 나를 욕하고 나에게 쓸모없는 나무라니!" 하고 나무는 소리쳤습니다.

교훈
봉사를 해도 감사를 받지 못하는 경우가 많다.

167
벼룩과 황소

벼룩 한 마리가 황소에게 말했습니다.

"너처럼 크고 힘이 센 친구가 인간들에게 봉사하고 그들을 위해 어려운 일은 다 해주는데, 그게 다 어찌된 일이지? 네 눈에 비친 것보다 크지도 않은 나는 인간들의 몸 위에서 살며 그들의 피를 양껏 마시면서도 그 대가로 내 쪽에서 한 번도 쓰다듬어주지도 않는단 말야."

그 말에 황소가 대답했습니다.

"인간들은 나에게 매우 친절해. 그래서 나도 그들에게 고마움을 느끼지. 그들은 나를 잘 먹여주고 잘 재워주거든. 게다가 가끔 내 머리와 목을 가만히 두드려줌으로써 나에 대한 애정을 보여주거든."

"내가 허락하면 그들은 나도 쓰다듬어 줄 거야. 하지만 그네들이 그러지 않도록 무진 조심하지. 안 그러면 내 몸에서 아무것도 남지 않을 거야."

벼룩이 말했습니다.

교훈
사람 또는 사물에 대한 평가는 평하는 자의 입장에 따라 다를 수 있다.

168
새들과 짐승들과 박쥐

새들이 짐승들과 전쟁을 벌였는데, 많은 전투가 양쪽에 크고 작은 승전을 안겨주면서 진행되었습니다. 박쥐는 명확히 어느 한쪽과 운명을 같이하지 않고 전세가 새들 쪽에 유리하면 새들의 대열에 끼어 싸웠고 반대로 짐승들이 우세하면 짐승들 속에 끼어 있는 것이 목격되었습니다. 전쟁이 지속되는 동안은 아무도 박쥐에게 관심을 쏟지 않았습니다. 그러나 전쟁이 끝나고 평화가 돌아오자 새들이나 짐승들은 그처럼 얼굴의 양면을 가진 배반자와 상종하려 들지 않았습니다. 그리하여 박쥐는 오늘날까지 양쪽에서 쫓겨난 외톨이 신세가 되었던 것입니다.

교훈

간에 붙었다 쓸개에 붙었다 하는 자들은 외톨이 이방인이 되고 만다.

169
남자와 두 애인

머리가 희끗희끗 세고 있는 한 중년 남자에게 두 애인이 있었습니다. 늙은 부인과 젊은 부인이었습니다. 두 여인 중 나이가 든 여인은 자기 애인이 자기보다 훨씬 젊어 보이는 것이 싫었습니다. 그래서 남자가 자기를 보러 올 때마다 애인이 더 늙게 보이게 만들려고 남자의 검은 머리를 뽑곤 했습니다. 반대로 젊은 여인은 애인이 자기보다 훨씬 늙게 보이는 것이 싫어서 애인이 젊게 보이도록 하려고 기회가 있을 때마다 흰 머리를 뽑아냈습니다. 두 여인 사이를 왔다 갔다 하는 동안 애인들은 그의 머리에서 머리카락 한 가닥도 남기지 않았습니다. 그래서 그 남자는 완전한 대머리가 되었습니다.

교훈

갈등하는 두 진영의 영향과 다른 요구에 의해 자신의 원칙이 흔들리도록 방치하는 정치 지도자는 원칙마저 잃는 결과를 맞본다.

170
독수리와 갈가마귀와 목부

어느 날 갈가마귀는 한 독수리가 수직 낙하하여 발톱으로 양을 채가는 것을 보았습니다.

"단언컨대 나도 저렇게 하고야 말 테다."

갈가마귀는 말했습니다.

그리하여 갈가마귀는 하늘 높이 날아올랐다가 윙윙 하는 날개 소리를 내며 커다란 숫양의 등 위로 돌진했습니다.

그 등 위에 내려앉자마자 그의 발톱은 양털 속에 단단히 엉켜서 별짓을 다해도 소용이 없었습니다. 갈가마귀는 날개를 퍼덕여 날아가 버리려 했지만 사태는 나아지기는커녕 더 악화될 뿐이었습니다.

이윽고 목부(牧夫)가 나타나서 말했습니다.

"아하, 네가 하고 싶은 것이 그것이냐?"

목부는 갈가마귀를 손에 잡고 그 날개를 자르더니 집으로 가져가 자기 어린 자식들에게 주었습니다.

갈가마귀의 모습이 어찌나 이상한지 아이들은 그것으로 무엇을 할지 몰랐습니다.

"아빠, 이건 무슨 새지요?"

그들이 물었습니다.

"갈가마귀란다. 다른 새가 아니라 갈가마귀일 뿐이다. 그런데 이놈은 저를 독수리로 봐주기를 바라는 놈이지."
　목부가 말했습니다.

교훈
너의 능력으로 못 미치는 일을 시도하면 헛된 수고가 될 뿐이며 불운과 조롱을 부른다.

171
늑대와 소년

방금 푸짐한 식사를 즐긴 터라 이제 놀고 싶은 마음이 든 늑대 한 마리가 땅에 납작 엎드린 소년을 보았습니다. 그 소년이 숨으려 한다는 것과 이런 행동을 한 것은 다 늑대 자신을 무서워하기 때문이라는 것을 깨닫고 늑대는 소년에게 다가가서 말했습니다.

"아하, 네가 보다시피 난 너를 찾아냈다. 그러나 진실이라는 데에 도저히 반론을 제기할 수 없는 세 가지를 말할 수 있다면 너를 살려주겠다."

소년은 용기를 내서 잠시 생각하다가 말했습니다.

"첫째, 네가 나를 본 것은 애석한 일이라는 것. 둘째, 내가 발각되게 처신한 것은 바보짓이라는 것. 셋째, 항상 까닭 없이 우리 양떼를 공격하기 때문에 우리 모두는 늑대를 미워한다는 것. 이것이 다야."

늑대가 응답했습니다.

"네 말은 네 관점에서 충분한 진실이 담긴 이야기로구나. 그러니까 넌 가도 된다."

교훈
솔직성은 관용을 부른다.

172
방앗간 주인과 아들과 그들의 나귀

어떤 방앗간 주인이 어린 아들을 데리고 나귀를 살 사람을 찾을 희망으로 나귀를 몰고 시장으로 가고 있었습니다. 도중에 그들은 웃으며 이야기를 나누는 소녀들 한 무리를 만났는데, 그들이 소리쳤습니다.

"저런 바보들을 본 적이 있니? 타고 가도 되는데 먼지 나는 길을 터벅터벅 걸어가다니, 원!"

방앗간 주인은 그들의 말에는 일리가 있다고 생각해서 아들을 나귀에 태우고 자기는 나귀 곁에서 걸어갔습니다. 얼마

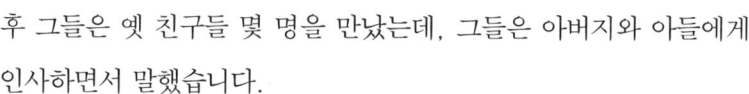

후 그들은 옛 친구들 몇 명을 만났는데, 그들은 아버지와 아들에게 인사하면서 말했습니다.

"자네는 힘들게 걸어가면서 아들은 타고 가게 하다니. 아들 버릇

만 나쁘게 하네그려. 아들을 걷게 하라구. 어린 게으름뱅이들! 걷는 것은 아들 건강에도 더 없이 좋을걸세."

방앗간 주인은 그들의 충고에 따라 나귀 등의 아들 자리를 자기가 차지했고 아들은 뒤에서 터벅터벅 걸어왔습니다. 그들이 멀리 가기도 전에 한 떼의 부녀자와 어린이들을 만났습니다. 그때 방앗간 주인은 그들이 하는 말을 들었습니다.

"저 자기만 아는 늙은이 좀 봐! 자기는 편안히 타고 가면서 불쌍한 어린것을 제 다리로 빨리 빨리 걸어서 쫓아오게 만들다니!"

그런 말을 듣고 방앗간 주인은 아들을 자기 뒤에 올라타게 했습니다. 길을 더 가다가 아버지와 아들은 몇몇 여행자를 만났는데, 그

들은 방앗간 주인에게 타고 가는 그 나귀가 당신 것이오, 아니면 볼일이 있어서 돈 내고 빌린 짐승이오 하고 묻는 것이었습니다. 그는 자기 것이며 그것을 팔러 시장으로 데려가고 있다고 말했습니다.

"어이쿠! 그렇게 무거운 짐을 등에 얹으면 저 불쌍한 짐승은 시장에 도착할 때 가서는 탈진해버려서 아무도 쳐다보지도 않을 거요. 이봐요, 당신은 저걸 메고 가는 편이 낫겠수다."

"형씨를 즐겁게 할 일이면 우리는 한 번 해보는 거지요."

늙은 나귀 주인은 말했습니다.

그래서 밧줄로 나귀의 다리들을 함께 묶어 막대기에 매달고 아버지와 아들은 그곳을 떠나 둘이서 나귀를 멘 채 마침내 도시에 도착했습니다. 너무나 어이없는 광경이어서 사람들은 떼로 몰려와 그것을 보고 깔깔거리고 아버지와 아들을 무자비하게 놀려댔으며 어떤 사람은 그들더러 미친놈들이라고까지 불렀습니다. 그때 그들은 강 위로

놓인 다리에 이르렀는데, 요란한 소음과 자신의 유별난 상황에 놀라 나귀는 발로 하늘을 차며 버둥대더니 마침내 자기를 묶은 밧줄을 끊고 물속으로 떨어져 익사하고 말았습니다. 이런 일이 벌어지자 불운한 방앗간 주인은 약도 오르고 창피해서 다시 빠른 걸음으로 집으로 돌아왔습니다. 모든 사람을 기쁘게 하려다 아무도 기쁘게 하지 못한 데다 덤으로 나귀까지 잃었구나 하는 생각을 했습니다.

교훈

사람이 너무 귀가 얇으면 안 된다.

173
수사슴과 포도넝쿨

사냥꾼들에게 쫓기던 수사슴 한 마리가 잎이 울창한 포도넝쿨을 머리 위에 두고 몸을 숨겼습니다. 사냥꾼들은 사슴을 놓치고 사슴이 가까운 어딘가에 있다는 것을 알지 못한 채 사슴의 은신처를 지나갔습니다. 모든 위험이 지나갔다고 생각하여 수사슴은 곧 포도넝쿨에 달린 잎들을 뜯어먹기 시작했습니다. 이 움직임이 길을 돌아오던 사냥꾼들의 주의를 끌었기 때문에 그 중 한 명이 어떤 짐승이 거기에 숨어 있다고 생각하고 맞든 안 맞든 운에 맡기고 울창한 잎들 속으로 화살을 쏘았습니다. 화살은 불운한 사슴의 심장을 관통했습니다. 숨을 거두면서 수사슴은 말했습니다.

"나를 보호한 자의 잎을 먹는 배신 행위를 했으니 난 죽어야 싸지."

교훈
배은망덕은 때로 나름대로의 징벌을 수반한다.

174
늑대에 쫓긴 어린양

늑대가 어린양을 쫓고 있었는데, 그 어린양은 한 사원에 몸을 숨겼습니다. 늑대는 어린양더러 그 경내에서 나오라고 조용하게 말했습니다.

"너 나오지 않으면 사제께서 분명 너를 잡아 제단의 제물로 바칠 거다."

그 말에 어린양이 대답했습니다.

"고마운 말씀입니다만 난 그냥 지금 있는 곳에 그대로 있겠어요. 늑대에게 잡아먹히기보다 차라리 언젠가 제단의 제물이 되겠어요."

교훈
어차피 죽을 거면 명예로운 죽음이 낫다.

175
궁수와 사자

한 궁수가 활로 사냥감 몇 마리를 잡으려고 야산으로 올라갔습니다. 사자를 제외한 모든 동물은 그를 보자 도망쳤습니다. 사자는 그대로 남아 싸워보자고 궁수에게 도전했습니다. 하지만 궁수는 화살을 쏘아 사자를 맞히고 나서 말했습니다.

"자, 봐라. 내 심부름꾼이 어떤 일을 할 수 있는지 너도 보았지? 너 거기서 잠시 기다려라. 이제 내 손으로 널 잡겠다."

그러나 사자는 화살이 안겨준 찌르는 아픔을 감지하고는 걸음아 나 살려라 하고 줄행랑을 쳤습니다. 이 모든 일이 벌어지는 것을 목격한 여우가 사자에게 말했습니다.

"이봐, 겁쟁이가 되지 마라. 왜 그 자리에 머물러 투지를 보이지 않는 거지?"

그러자 사자가 대답했습니다.

"넌 나를 여기 머물러 있게 붙잡을 수 없어. 날 못 잡아둬. 참, 본인이 오기에 앞서 저런 심부름꾼을 보낼 땐 저 인간 자신은 내가 붙어보기에 무서운 놈임에 틀림없어."

교훈

떨어져서도 해를 끼칠 수 있는 자들과는 멀찌감치 떨어져 있어야 한다.

176
병든 수사슴

수사슴 한 마리가 병이 들어 숲속 공터에 있었는데, 너무 몸이 허약하여 몸을 움직여 그곳에서 나올 수 없었습니다. 그가 아프다는 소식이 퍼지자 많은 다른 짐승들이 그의 건강이 어떤가 안부를 물으려고 그리로 왔는데, 그들은 하나같이 환자 주변에서 자라는 얼마 안 되는 풀을 야금야금 뜯어먹었습니다. 급기야 병든 수사슴의 입이 닿을 만한 곳에는 풀잎 하나 남지 않게 되었던 것입니다.

며칠 후 수사슴의 병세는 호전되기 시작했지만 아직 몸에 힘이 없어서 벌떡 일어나 풀을 찾아 나설 수 없었습니다. 그리하여 수사슴은 친구들의 지각 없는 행동으로 말미암아 비참하게 굶어죽고 말았습니다.

교훈
바보들의 도움은 안 받느니만 못하다.

177
늑대와 염소

늑대 한 마리가 염소를 보았는데, 그 염소는 늑대의 머리 위쪽으로 깎여 올라간 험한 바위절벽 꼭대기에서 듬성듬성 자라는 풀을 뜯어먹고 있었습니다. 염소에게 다가갈 수 없자 늑대는 염소를 유인하여 아래로 내려오게 하려고 노력했습니다.

"아주머니, 그 높은 곳은 위험해서 목숨을 잃을 수도 있다구요. 정말이라니까요. 내 충고를 제발 들으시고 이리 내려오세요. 이곳에 와야 더 좋은 풀을 많이 찾을 수 있다구요."

늑대가 위에 대고 소리쳤습니다. 염소는 모든 것을 다 안다는 듯한 눈을 늑대에게 돌렸습니다.

"내가 좋은 풀을 먹든 나쁜 풀을 먹든 자네는 전혀 상관하지 않을 텐데. 자네가 원하는 건 날 잡아먹는 것일 테니까."

염소가 말했습니다.

교훈
경험이 풍부한 사람은 쉽게 속지 않는다.

178
나귀와 노새

나귀와 노새를 한 마리씩 가진 남자가 있었습니다. 그는 어느 날 그 두 마리의 등 위에 짐을 한껏 싣고 여행길에 올랐습니다. 꽤 평평한 길이 이어지는 동안 나귀는 곧잘 전진했습니다. 그러나 길이 매우 울퉁불퉁하고 험한 야산들 사이를 지나게 되자 나귀는 거의 숨이 끊어질 지경에 이르렀습니다. 그리하여 주인은 노새에게 나귀의 짐 일부를 덜어주라고 간청했습니다. 그러나 노새는 거절하는 것이었습니다.

마침내 완전히 탈진한 나귀는 엎어지면서 험한 장소로 떨어져 죽고 말았습니다. 두 짐승을 몰던 주인은 절망에 빠졌지만 최선을 다했습니다. 그는 나귀에게 실었던 짐을 노새의 짐에다 합치고는 나귀의 가죽을 벗겨 그 가죽을 두 배로 늘어난 노새의 짐 위에 얹었습니다. 노새는 덤으로 불어난 짐을 간신히 버티며 비틀비틀 고통스럽게 걸음을 떼면서 말했습니다.

"난 이렇게 고생해야 싸지. 처음에 기꺼이 나귀를 도왔더라면 지금 그의 짐과 가죽을 덤으로 받아서 지고 가지는 않을 텐데."

교훈
세상만사 속에서는 시기가 중요하다.

179
남매

어떤 남자에게 아들 하나와 딸 하나가 있었습니다. 그런데 소년은 잘생긴 데 반해 소녀는 못생겼습니다. 어느 날 남매가 어머니의 방에서 함께 놀다가 우연히 거울에 눈이 갔습니다. 그때서야 그들은 처음으로 자신들의 용모를 보게 된 것입니다. 소년은 자신이 얼마나 잘생긴 소년인가를 깨닫고는 자기의 훌륭한 용모에 대해서 누이동생에게 뻐기기 시작했습니다. 소녀는 어떠했느냐 하면 자신이 못난 것을 알았을 때 분해서 왈칵 울음을 터뜨릴 태세였고 오빠의 말을 자신에 대한 모욕으로 받아들였습니다. 아버지에게 달려가 그 소녀는 오빠의 오만함에 대해 일러바치고 오빠가 엄마의 물건을 마구 만지작거렸다고 오빠를 비난했습니다. 아버지는 웃으며 남매에게 키스하더니 말했습니다.

"얘들아, 이제부터 거울을 잘 활용하는 법을 배워라. 내 아들아, 너는 거울이 네 생긴 모습을 비춰주듯 착한 사람이 되려고 노력하거라. 그리고 내 딸아, 너는 고운 마음씨로 너의 못난 용모를 보충하겠다고 결심하거라."

교훈
준수한 용모의 소유자들은 오만을 버리고 빈약한 용모의 소유자들은 착한 성격을 연마해야 한다.

180
어린 암소와 황소

한 어린 암소가 쟁기질을 하느라 무진 애를 쓰는 황소에게 다가가서 그렇게 열심히 일해야 할 필요가 있는가에 대해 자못 선심 쓰는 어조로 황소를 동정했습니다.

얼마 후 마을에 축제가 있어서 모든 사람은 휴일을 맞이했습니다. 그래서 황소는 일에서 풀려나 초원으로 방목된 반면 어린 암소는 붙잡혀 제물이 되기 위해 끌려갔습니다.

"아, 네가 왜 그렇게 빈둥거리며 방치되었는지를 알겠구나. 너는 제단으로 가기로 예정된 몸이었기 때문이었구나."

황소는 냉혹한 웃음을 지으며 말했습니다.

교훈
인간지사 새옹지마니라.

181
사자 왕국

그 사자가 지상의 동물들을 다스릴 때 그는 결코 잔인하거나 포악하지 않았고 왕이면 마땅히 그래야 하듯 온화하고 정의로웠습니다. 그의 통치 기간 동안에 그는 동물들의 총회를 소집하여 모두가 완전한 평등과 조화 속에 살게 하는 법규를 제정했습니다. 늑대와 어린양, 호랑이와 수사슴, 표범과 새끼염소, 개와 산토끼…… 이 모두가 지속적인 평화와 우정 속에서 나란히 살아야 한다는 것이었습니다. 산토끼가 말했습니다.

"오, 약자가 강자 곁에서 두려울 것 없이 살 곳을 정할 수 있는 이날이 오기를 나는 얼마나 고대했는지 몰라."

교훈

지상낙원의 요건은 평등과 조화, 지속되는 평화와 우정, 그리고 강한 자들에 대한 공포의 부재다.

182
나귀와 마부

마부가 나귀를 몰고 산길 내리막길을 내려가고 있었습니다. 나귀는 얼마 동안 분별력을 잃지 않고 잰 걸음으로 가더니 갑자기 길을 이탈하며 벼랑 끝으로 돌진했습니다. 나귀가 벼랑 너머로 막 뛰어내릴 태세가 되었을 때 마부는 나귀의 꼬리를 잡고 그놈을 뒤로 잡아끌려고 있는 힘을 다했습니다. 그러나 아무리 힘껏 당겼어도 절벽 가장자리에서 나귀를 뒤로 움직이게 할 수는 없었습니다. 마침내 마부는 포기하고 소리쳤습니다.

"좋아, 이제 네 마음대로 바닥으로 떨어져버려! 너도 곧 알겠지만 그게 바로 급사라는 것이야."

교훈
고집 센 자여 그대 이름 나귀라.*
여기서도 동물의 특성에 대한 이솝의 예리한 관찰이 엿보인다.*

183
사자와 산토끼

사자가 제대로 잠자고 있는 산토끼 한 마리를 발견하고 막 잡아먹을 참이었는데, 그때 지나가는 수사슴을 보았습니다. 사자는 즉시 산토끼를 입에서 떨구고 산토끼보다 큰 먹이를 향해 달려갔습니다. 그러나 오랜 추격 끝에 수사슴을 따라잡을 수 없다는 것을 깨닫고는 포기하고 산토끼에게로 돌아왔습니다. 그러나 사자가 이전의 지점에 도착했을 때 산토끼는 어디에도 보이지 않았습니다. 그래서 사자는 저녁식사를 걸러야 했습니다.

"자업자득이지 뭐. 손에 잡은 것에 만족했어야 했어. 더 나은 먹이를 바라지 말고."

교훈
남의 돈 천 냥보다 제 돈 한 냥.●
숲속의 새 두 마리보다 수중의 새 한 마리가 실속이 있다.●

184
늑대와 개들

옛날 옛적에 늑대들이 개들에게 말했습니다.

"왜 우리가 적으로 계속 남아 있어야 하니? 너희들은 우리들과 여러 면에서 아주 비슷하거든. 우리 사이의 주된 차이는 다만 훈련의 차이일 뿐이야. 우리는 자유로운 삶을 살지만 너희들은 인간들에게 예속되어 있어. 너희들을 때리고 목에 무거운 목걸이를 채우고 자기들의 양 떼와 소 떼를 감시하라고 강요하고, 무엇보다도 너희들에게 먹을 것이라고는 뼈다귀밖에 안 주는 인간들 말야. 더는 그런 대우 참지 말고 양 떼를 우리에게 넘기라구. 그러고 나서 우리 모두 풍요로운 땅 위에서 살며 함께 잔치판을 벌이자."

개들은 이 말에 순순히 설득되더니 늑대들을 따라 늑대굴 속으로 들어갔습니다. 그러나 개들이 굴 안으로 깊숙이 들어가자마자 늑대들이 달려들어 개들을 물어 찢어 산산조각으로 만들었습니다.

교훈
배신자들은 톡톡히 값을 치르는 법이다.

185
황소와 송아지

다 자란 황소가 자신의 전용칸이 있는 외양간의 입구를 통해 거대한 몸을 밀어 넣으려고 안간힘을 쓰고 있었습니다. 그때 어린 송아지가 가까이 와서 말했습니다.

"아저씨가 잠깐 옆으로 비키시면 여기를 통과하는 방법을 보여드릴게요."

황소는 흥미있다는 표정을 송아지에게 지어보이며 말했습니다.

"나도 네가 태어나기 전에는 그 방법을 알고 있었단다."

교훈
누구에게나 한때는 있었다.

186
나무와 도끼

한 나무꾼이 숲으로 들어가 나무들에게 도끼 자루 하나 만들 나무를 한 그루 달라고 애원했습니다. 제일 중요한 나무들은 즉시 그 작은 요청을 받아들여 주저없이 나무꾼에게 어린 물푸레나무 한 그루를 주었습니다. 그 물푸레나무로 나무꾼은 자기가 바라는 도끼 자루를 깎아 만들었습니다. 도끼 자루가 만들어지자마자 나무꾼은 숲속에서 가장 고상한 나무들을 베려고 작업에 착수했습니다. 그들의 선물이 사용되는 모습을 보았을 때 나무들은 울부짖었습니다.

"아차! 아차! 이건 엎지른 물이야. 하지만 우리 잘못이야. 우리가 준 작은 것이 우리 모두에게 피해로 돌아오는군. 우리가 물푸레나무의 권리를 희생시키지 않았다면 우리는 수없이 많은 세대 동안 서 있었을 텐데."

교훈
상류층이 하류층의 권리를 무시할 때 상류층은 자기들의 특권에 반대하는 데 사용할 수 있는 도끼 자루를 제공하는 것이다.

187
천문학자

옛날에 천문학자 한 사람이 있었는데 그에게는 밤에 밖에 나가 별들을 관찰하는 버릇이 있었습니다. 어느 날 밤 도시로 통하는 대문의 외곽에서 이리저리 거닐며 자기 생각에 몰두한 채 자신이 밟고 가는 곳을 보지도 않고 하늘을 응시하던 그는 물이 마른 우물 속으로 빠지고 말았습니다. 신음하며 그 밑에 누워 있을 때 지나가던 사람이 그의 소리를 듣고 우물가로 와서 아래를 내려다보았습니다. 일어난 일을 알게 되었을 때 그 사람이 말했습니다.

"그렇게 열심히 하늘을 보느라 당신의 발이 땅 위에서 당신을 어디로 데려가는지조차 몰랐다는 게 사실이면 당신이 당한 일은 다 자업자득으로 보입니다그려."

교훈
일에 몰두하는 것도 좋은 일이지만 주변도 살필 줄 알아야 한다.

188
노동자와 뱀

한 노동자의 어린 아들은 뱀에게 물린 상처 때문에 죽었습니다. 소년의 아버지는 슬퍼서 미칠 지경이었고 뱀을 향한 분노를 못 이겨 도끼를 집어 들고 뱀 구멍으로 가 그 구멍 가까이에 자리 잡고 서서 뱀을 죽일 기회를 살피고 있었습니다. 이윽고 뱀이 나오자 그 남자는 뱀에게 일격을 가했습니다. 그러나 꼬리 끝자락을 잘라내는 데는 성공했지만 뱀은 다시 꿈틀꿈틀 기어 안으로 들어갔습니다.

그 남자는 이 싸움을 그만두기를 원하는 척하며 뱀이 다시 밖으로 나오도록 하려고 노력했습니다. 그러나 뱀이 말하는 것이었습니다.

"내 잃어버린 꼬리 때문에 나는 당신의 친구가 절대로 될 수 없으며 당신은 잃은 자식 때문에 나의 친구가 될 수 없습니다."

교훈

피해를 준 당사자가 있는 앞에서는 그 피해가 절대로 잊혀지지 않는다.

189
초롱에 든 새와 박쥐

울새 한 마리가 창 밖에 걸린 새장에 갇혀 있었는데, 이 새는 모든 새들이 잠든 밤에 우는 버릇이 있었습니다. 어느 날 박쥐 한 마리가 날아와 새장의 철제 살에 매달려서 새에게 낮에는 조용하다가 밤에만 우는 이유가 뭐냐고 물었습니다.

"그렇게 하는 충분한 이유가 있단다. 새 사냥꾼이 내 목소리에 끌려 나를 잡으려고 새그물을 쳐서 나를 잡은 것은 저번에 내가 낮에 노래하고 있던 때였거든. 그 후로 나는 밤에 말고는 절대 노래하지 않았어."

울새가 대답하자 박쥐가 말했습니다.

"네가 포로가 된 지금은 다 소용없는 일이야. 네가 잡히기 전에 그렇게만 했더라면 너는 아직 자유의 몸일 거다."

교훈
때를 놓치고 조심해봤자 소용없는 일이다.

190
새끼 염소와 늑대

새끼 염소 한 마리가 무리에서 이탈하여 늑대에게 쫓겼습니다. 잡힐 것이 확실하다는 것을 깨닫고 새끼 염소는 몸을 돌이키며 늑대에게 말했습니다.

"어르신, 어르신네에게 먹히는 것은 불가피하다는 것을 저는 압니다. 제 목숨은 어차피 얼마 남지 않았으니 여생을 즐겁게 해주시길 간절히 바랍니다. 죽기 전에 제가 춤을 맞출 곡조를 하나 연주해주시지 않겠습니까?"

늑대도 만찬을 코앞에 두고 약간의 음악을 즐기는 것에 반대할 이유를 찾지 못했습니다. 그래서 늑대는 피리를 꺼내어 연주하기 시작했으며 그러는 동안 새끼 염소는 늑대 앞에서 춤을 추었습니다. 얼마 지나지 않아 염소 떼를 지키던 개들이 그 소리를 듣고 무슨 일이 벌어지고 있는가를 보려고 나타났습니다. 개들은 늑대를 보자마자 늑대를 추격하여 쫓아버렸습니다. 달아나면서 늑대는 몸을 돌려 새끼 염소에게 말했습니다.

"이렇게 당해도 싸구나. 내 직업은 푸줏간 주인의 직업과 동일한 것이지. 너를 흥겹게 하려고 피리 부는 늑대가 되는 건 헛일이었어."

교훈
당신의 본업을 게을리하지 마라.

191
나귀와 그 구매자

나귀를 사려는 사람이 시장에 갔습니다. 그리하여 적당해 보이는 나귀를 우연히 보자 이 나귀가 어떤 나귀인지 판단하려고 먼저 나귀를 자기 집으로 데려가기로 주인과 미리 약정을 맺었습니다. 그 구매자는 나귀를 데리고 자기 집에 도착하자 그것을 다른 나귀들과 함께 있도록 자기 집 외양간에 집어넣었습니다. 새로 온 나귀는 한 번 주위를 둘러보더니 지체 없이 걸어가서 외양간에서 가장 게으르고 욕심 사나운 놈의 바로 옆자리를 선택하는 것이었습니다. 주인은 이 모습을 보자 즉시 그 나귀에게 굴레를 채우고 끌고 나와 다시 원주인에게 인계했습니다. 원주인은 나귀가 그렇게 빨리 돌아온 것을 보고 몹시 놀라서 말했습니다.

"저런, 형씨께서는 이 나귀를 벌써 테스트해보셨다는 말씀입니까?"

"더는 테스트가 필요 없습니다. 그놈이 스스로 택하는 친구를 보면 어떤 짐승인지 알 수 있으니까요" 하고 구매자는 말했습니다.

교훈
사귀는 친구를 보면 사람을 판단할 수 있다.

192
채무자와 그의 암퇘지

아테네 사람 하나가 빚을 져서 채권자에게 돈을 돌려달라는 독촉을 받았습니다. 그 당시 그는 지불할 수단이 없어서 훗날로 미루어 달라고 간청했습니다. 그러나 채권자는 거절하면서 즉시 갚아야 한다는 것이었습니다. 그래서 채무자는 그가 가진 유일한 암퇘지를 팔려고 시장으로 갔습니다. 우연히 그의 채권자도 거기에 왔던 것입니다. 이윽고 살 사람 하나가 와서 이 암퇘지는 좋은 새끼들을 낳느냐고 물었습니다. 채무자인 돼지 임자가 말했습니다.

"그렇구말구요. 아주 좋은 새끼들이지요. 그런데 희한한 일은 이 암퇘지는 미스테리즈 제일(엘레우시스 제전)에는 암놈들을 낳고 판 아테나(아테나 여신의 생일 기념 축일) 제일에는 수퇘지들을 낳는다는 점입니다." (아테네 사람들은 늘 미스테리즈 제일에는 암퇘지를 제물로 바치고 판아테아나 제일에는 수퇘지를 바쳤다.)

그 말에 옆에 방관자로 서 있던 채권자도 끼어들었습니다.

"손님, 놀라지 마십시오. 더욱 좋은 일은 디오니소스 주신제(酒神祭) 제일에는 이 암퇘지가 염소도 낳는답니다."

교훈
광고에는 과장이 첨가되게 마련이지만 과장 광고는 자제되어야 한다.

193
대머리 사냥꾼

머리카락이 죄다 빠진 한 남자가 가발을 쓰기 시작했습니다. 어느 날 그는 사냥을 나갔습니다. 마침 그때 바람이 꽤 세게 불더니 얼마 가지 않아 일진광풍이 그의 모자를 움켜잡아 어디로 가져가 버리고 말았습니다. 게다가 그날 사냥이 재미있어지려니까 그의 가발도 날아가 버렸습니다. 그러나 그 사람은 제법 농담까지 하며 말했습니다.

"저 말이야, 가발 재료가 되는 모발 말인데, 그게 자란 임자의 머리통에도 박혀 있지 않았던 거 아니겠어? 그러니까 그것들이 내 머리에 붙어 있으려고 하지 않는 것은 당연한 일 아니야?"

교훈
수수께끼 같은 재담의 한 예다. 원 임자의 머리에도 붙어 있지 않고 빠진 가발 머리칼이 어찌 타인의 머리에 붙어 있겠느냐는 농담이다.

194
목부와 잃어버린 황소

한 목부가 자기 소들을 돌보고 있었는데, 무리 중 가장 좋은 소인 어린 황소를 잃어버렸습니다. 그는 즉시 그 소를 찾아 나섰습니다. 그러나 수색에 성공을 거두지 못하자 그는 맹세를 했습니다. 도둑을 찾으면 제우스 신에게 송아지 한 마리를 바치겠다는 맹세였습니다. 수색을 계속하던 중 한 관목림으로 들어갔는데, 이윽고 그곳에서 사자가 잃어버린 황소를 먹고 있는 모습을 발견했습니다. 소스라치게 놀란 나머지 그는 하늘을 향해 양손을 들어올리고 외쳤습니다.

"위대하신 제우스 신이시여, 제가 도둑을 잡으면 송아지를 당신께 봉납하겠다고 맹세했습니다. 하지만 이제는 저 사자의 손아귀에서 제 황소가 무사히 탈출할 수 있기만 하면 다 자란 황소를 바치기로 당신에게 약속드립니다."

교훈
인간은 궁지에 몰리면 지키지도 못할 약속을 한다.

195
노새

먹을 것은 너무 많고 할 일은 너무 없는 노새 한 마리가 있었는데, 그놈은 어느 날 아침 자신이 더없이 멋진 놈이라고 생각하기 시작하고 까불면서 뛰어다니며 말했습니다.
"분명 우리 아버지는 기개 있는 말이었을 거야. 그런데 내가 아버지를 빼닮았거든."
그러나 얼마 지나지 않아 몸에 마구가 채워지고 무거운 짐을 끌고 먼 길을 가야만 했습니다. 날이 저물었을 때 평소와 다른 고된 일에 녹초가 된 노새는 기가 죽어 말했습니다.

"내가 우리 아버지에 대해 잘못 알고 있었나 봐. 결국 우리 아버지는 나귀에 불과했을 거야."

교훈

모든 진리에는 양면이 있다. 따라서 우리의 입장을 밝히기에 앞서 그 양면을 다 같이 보는 것이 최선이다.

이 우화의 의미는 보는 이에 따라 다를 수 있는 소지가 많다. 역자는 이 우화를 읽고 우리 사회나 여타 모든 사회에서 한때 자신이 천재 아니면 수재는 된다고 자부했다가 후에 누차에 걸친 실패와 좌절을 맛보고 나서 결국 평범한 머리의 소유자임을 자각하는 수많은 젊은이들이 의식의 스크린에 스쳤다.*

196
사냥개과 여우

숲속을 배회하던 사냥개가 사자 한 마리를 보았는데, 작은 짐승에 길들여진 터라 그 사냥개는 우선 추격을 시작하면서 멋진 사냥을 해보겠다고 생각했습니다. 곧 사자는 자신이 추격당하고 있다는 것을 알아차렸습니다. 그래서 발걸음을 멈추고 몸을 추격자 쪽으로 돌리고는 우렁차게 포효했습니다. 사냥개는 당장 꼬리를 내리고 도주했습니다. 사냥개가 뛰어 달아나는 것을 보고 있던 여우가 사냥개를 조롱하듯 말했습니다.
"하! 하! 사자를 추격하다가 사자가 으르렁 포효하는 순간 뺑소니친 겁쟁이가 저기 가는구나."

교훈
남의 약점을 발견하고 좋아하는 사람이 너무 많다.

197
아버지와 딸들

어떤 남자에게 두 딸이 있었는데, 한 딸은 정원사에게, 다른 딸은 옹기장이에게 시집보냈습니다. 얼마 후 그는 딸들이 어떻게 사나 보고 싶다는 생각을 하고 먼저 정원사의 아내가 된 딸네로 갔습니다. 어떻게 지내며 딸과 사위가 하는 일은 어떻게 돌아가느냐고 물었습니다. 딸은 대체로 잘해나가고 있다면서 말을 이었습니다.

"그렇지만 비가 흠뻑 왔으면 좋겠어요. 정원에는 비가 몹시 필요하거든요."

다음에 그는 옹기장이의 아내가 된 딸을 찾아가 같은 질문을 했습니다. 그 딸은 자기네는 불평할 것이 없다면서 말을 이었습니다.

"한데 비 좀 안 오는 메마른 날씨가 계속되었으면 해요. 옹기를 말려야 하니까요."

아버지는 재미있다는 표정을 짓고 딸을 바라보았습니다.

"너는 날씨가 가물기를 바라고 너의 언니는 비를 바라는구나. 너희들의 소원이 성취되기를 하나님께 기도하마. 하지만 지금은 그 화제는 꺼내지 않는 게 좋다는 생각이 드는구나."

교훈
인생에는 이해가 상충되는 경우가 너무나 많다.

198
도둑과 여인숙 주인

한 도둑이 여인숙의 방 하나를 빌렸습니다. 이 도둑은 뭔가 훔칠 것이 있나 하고 호시탐탐 살피며 그곳에 며칠 머물렀습니다. 그러나 한동안 기회가 오지 않았습니다. 그러던 어느 날 축제일이 돌아왔습니다. 여인숙 주인이 훌륭한 새 외투를 입고 나타나더니 바람을 쐬려고 여인숙 대문 앞에 앉았습니다. 외투를 보자마자 도둑은 그 외투를 갖고 싶었습니다. 별로 할 일도 없어서 도둑은 걸어가서 여인숙 주인 옆에 자리 잡고 앉았습니다. 그러고는 주인과 이야기를 시작했습니다. 그들은 얼마 동안 함께 대화를 나눴습니다. 그러던 차에 도둑은 갑자기 하품을 하더니 늑대처럼 우는 소리를 내는 것이었습니다. 그 주인은 좀 걱정이 되어 어디 아프냐고 도둑에게 물었습니다. 그러나 도둑은 대답하는 것이었습니다.

"주인 양반, 저에 대해 말씀드리겠습니다. 그런데 우선 제 옷을 맡아주시기 바랍니다. 옷을 주인님께 맡겨둘 참입니다. 왜 제가 이런 울음 발작에 걸렸는지는 저도 모릅니다. 아마 저의 못된 행동에 대한 벌이 내려진 모양입니다. 그러나 이유야 어떻든 사실을 말씀드리자면 제가 세 번 하품을 하면 먹이를 찾는 늑대로 둔갑하여 사람들의 목으로 달려들지 뭡니까."

이렇게 말을 다 하고는 두 번째 하품을 하고 전처럼 울어대는 것이었습니다. 도둑이 하는 말을 전부 믿고, 앞으로 늑대와 대면하게 된다는 생각에 소름끼치게 놀란 주인은 급히 일어나 집 안으로 뛰어 들어 갈 태세였습니다. 그러나 도둑은 그의 외투를 잡고 발걸음을 멈추게 하려고 노력하면서 외쳤습니다.

"주인 양반, 멈추세요. 멈추고 제 옷가지를 맡아주십시오. 안 그러시면 난 옷들을 영영 다시 보지 못할 것입니다."

이렇게 말하면서 도둑은 입을 벌려 세 번째 하품을 하기 시작했습니다. 늑대에게 잡아먹힌다는 두려움 때문에 도둑이 잡고 있는 외투에서 몸을 빼는 통에 외투는 도둑의 손에 남게 되고 주인은 여인숙 안으로 쏜살같이 달려 들어가 문을 잠갔습니다. 그래서 도둑은 그 전리품을 가지고 말없이 살그머니 그곳을 떠났습니다.

교훈
날강도나 다름없는 사기꾼들은 도처에 산재한다.

199
집나귀와 야생 나귀

한가하게 이리저리 방황하던 야생 나귀가 어떤 양지바른 곳에 벌렁 누워 참으로 즐겁게 시간을 보내는 집나귀를 만났습니다. 집나귀에게 가까이 가서 야생 나귀는 말했습니다.

"너는 운이 터졌구나! 너의 윤기 흐르는 가죽은 네가 얼마나 유복하게 사는지 보여주는 증거야. 야, 정말 네가 부럽다!"

오래지 않아 야생 나귀는 그의 친구를 다시 만났는데, 이번에 그 집나귀는 무거운 짐을 지고 있었고 그의 주인은 뒤따라오면서 굵은 막대기로 그를 때리고 있었습니다.

"아, 친구야, 난 이제 너를 부러워하지 않아. 너는 네가 누리는 안락한 삶의 대가를 너무 비싸게 치르고 있으니까."

야생 나귀가 말했습니다.

교훈
비싸게 산 여러 가지 이익은 그것이 축복인지 의심스럽다.

200
나귀와 주인들

한 정원사가 나귀 한 마리를 가지고 있었는데, 그 나귀는 형편없는 음식을 먹으며 무거운 짐을 나르고 게다가 끝날 줄 모르는 매질을 당하여 삶이 고달팠습니다. 그래서 나귀는 저를 다른 주인에게 넘겨주십시오 하고 제우스 신에게 애원했습니다. 그리하여 제우스 신은 헤르메스 신을 시켜 그 나귀를 옹기 제조공에게 팔라고 정원사에게 명령했습니다. 정원사는 지시대로 했습니다. 그러나 나귀는 전이나 다름없이 불만이었습니다. 왜냐하면 나귀는 전보다 더 열심히 일해야 했기 때문이었습니다. 그리하여 나귀는 다시 제우스 신에게 도와달라고 애원했습니다. 제우스 신은 고맙게도 나귀가 가죽공에게 팔려가도록 주선해주었습니다. 그러나 새 주인의 생업이 무엇인지를 알았을 때 나귀는 절망적으로 울부짖었습니다.

"내 비록 힘들게 일하고 험악한 대우를 받았지만 전 주인님들에게 봉사할 때 왜 만족하지 못했을까? 그분들은 나를 제대로 땅에 묻어 매장해주셨을 텐데. 그런데 지금 나는 결국 끝에 가서는 가죽 삶는 큰 통으로 들어가게 생겼구나."

교훈
한곳에서 불만을 느낀 사람이 다른 곳으로 옮겼다고 행복해지는 일은 드물다. 하인들은 더 형편없는 주인을 모셔봐야 훌륭한 주인을 알아본다.

201
집나귀와 야생 나귀와 사자

야생 나귀가 무거운 짐을 지고 종종걸음으로 걸어가는 집나귀를 보고 그가 사는 노예 같은 생활 상태를 지적하며 다음과 같은 말로 집나귀를 조롱했습니다.

"너의 운명은 내 운명에 비하면 비천하기 짝이 없구나. 나는 공기처럼 자유롭고 일할 것이 하나도 없는 데다 먹을 풀은 어떤가 하면, 그냥 야산에만 올라가면 내가 필요로 하는 것 이상으로 지천이 풀이거든. 한데 넌 어떻지? 넌 먹을 것을 주인에게 의존하고 있어. 그런데다 주인은 매일 너에게 무거운 짐을 운반하게 하고 무자비하게 때리거나 하지 않니?"

그 순간 사자가 그곳에 나타났는데, 주인이 달려 있기 때문에 집나귀를 공격할 시도는 전혀 못 하고 지켜줄 이 없는 야생 나귀에게 덤벼들어 더는 소란을 피울 것도 없이 야생 나귀로 식사를 대신했습니다.

교훈
스스로의 능력으로 자립할 수 없다면 자신의 주인이 되어봤자 아무 소용이 없다.

202
개미

옛날 옛적에는 개미들은 인간이었고 땅을 경작하여 생계를 유지하고 있었습니다. 그러나 저희들이 한 일의 결과에 만족하지 않고 항상 이웃들의 곡식과 과일에 선망의 눈길을 던졌습니다. 그러다가 개미들은 기회만 있으면 이웃의 곡식과 열매를 훔쳐서 자신들이 저장한 식량을 늘렸습니다.

마침내 제우스 신은 그들의 탐욕에 대해 몹시 분노해서 그들을 개미로 변하게 했습니다. 그러나 개미들의 형체는 변했지만 그들의 본성은 이전 그대로 남아 있었고 그리하여 오늘날까지 그들은 곡식밭 사이를 두루 돌아다니며 남의 노동의 결실을 모아 저희들이 이용하려고 저장하게 되었던 것입니다.

교훈

도둑을 벌할 수는 있지만 그의 도벽은 그대로 남는다.
무한한 근면성과 스태미너를 갖춘 데다 도벽을 가진 개미가 어떻게 지상의 주인이 되었는가를 우화적으로 익살스럽게 설명한 글이다.

203
개구리들과 우물

개구리 두 마리가 늪에서 함께 살았습니다. 그러나 어느 더운 여름을 맞아 늪의 물이 다 말라버려서 그들은 다른 장소를 찾아 그곳을 떠났습니다. 개구리는 차지할 수만 있다면 습한 곳을 좋아하기 때문이었습니다. 이윽고 그들은 깊은 우물에 당도했고 그 중 한 개구리가 우물 속을 내려다보고는 동료에게 말했습니다.

"저곳은 아주 시원한, 좋은 장소 같구나. 우리 뛰어 내려가 저기 정착하자."

그러나 어깨 위에 더 현명한 머리를 얹고 다니는 동료가 대답했습니다.

"친구야, 그렇게 서둘지 마. 가령 이 우물이 늪처럼 말라버리면 우리는 어떻게 다시 밖으로 나오지?"

교훈
행동에 앞서 두 번 생각하라.

204
게와 여우

옛날에 게 한 마리가 바닷가를 떠나 물에서 좀 떨어진 내륙에 있는 초원으로 가서 정착했는데, 그 초원은 보기 좋고 파란 것이 먹이를 찾기에 적절한 장소처럼 보였습니다. 그러나 배고픈 여우가 지나다가 게를 발견하고 그것을 잡았습니다. 막 먹히려는 순간 게는 말했습니다.

"난 이런 일을 당해야 마땅해. 별 할 일도 없이 바닷가 내 집을 떠나 마치 내가 육지에 속한 것처럼 여기에 정착하려 했으니, 원."

교훈
너의 운명에 만족하라.

205
여우와 베짱이

베짱이가 나무의 가지 속에서 찌륵찌륵 울며 앉아 있었습니다. 여우 한 마리가 그 소리를 듣고는 저것은 한입거리치고는 얼마나 맛있을까 하고 생각하여 꾀를 써서 베짱이를 내려오게 하려고 노력했습니다. 베짱이 눈에 환히 보이도록 나무 아래 서서 여우는 비할 데 없이 아첨하는 말로 베짱이의 노래를 칭찬하면서 그렇게 아름다운 목소리의 소유자와 사귀고 싶다고 말하고 아래로 내려오라고 간청했습니다. 그러나 베짱이는 속아 넘어가지 않고 대답했습니다.

"아저씨, 아저씨께서 내가 내려갈 거라고 상상한다면 큰 착각이십니다. 여우 굴 입구에 많은 베짱이 날개가 널려 있는 것을 본 이후로는 나는 아저씨와 그 혈육들과는 늘 멀찌감치 떨어져 있는 걸요."

교훈
똑똑한 자는 남의 감언이설에 속아 넘어가지 않는다.

206
농부와 그 아들과 당까마귀

한 농부는 방금 한 뙈기 밭에 밀을 파종해놓고 밭을 조심스럽게 감시하고 있었습니다. 많은 당까마귀와 찌르레기들이 계속 그 밭에 앉아 파종한 곡식 낱알을 주워먹었기 때문이었습니다. 돌팔매를 들고 아들이 그와 대동했습니다. 농부가 아들더러 돌팔매를 달라고 말할 때마다 찌르레기가 농부의 말을 알아듣고 당까마귀들에게 경고하면 그들은 순식간에 날아가버렸습니다. 그래서 농부는 꾀를 생각해낸 후 아들에게 말했습니다.

"아들아, 내가 이놈의 새들을 제압해야 되겠다. 이후부터는 돌팔매를 원할 때 '돌팔매 이리 줘'라는 말 대신 그냥 '으흠' 할 테니 그 소리를 들으면 즉시 돌팔매를 나한테 건네줘야 한다."

이윽고 새가 떼를 지어 돌아왔습니다.

"으흠" 하고 농부가 말했습니다.

그러나 찌르레기는 아무 눈치도 채지 못했습니다. 그래서 농부는 새들 사이에다 몇 개의 돌을 돌팔매로 날려보낼 수 있었고 한 마리는 머리를 맞히고 또 한 마리는 다리를, 또 한 마리는 날개를 맞히자 이제 새들은 허둥지둥 사정 범위에서 벗어나는 것이었습니다. 이렇게 허겁지겁 달아나는 그 새들은 몇 마리의 학을 만났습니다. 학들은 그들에게 무슨 문제가 생겼느냐고 물었습니다.

"문제?"

당까마귀들이 말했습니다.

"문제가 되는 것은 그 악당들이야. 인간들 말야. 너희들은 그들 가까이 가지 마라. 인간들은 어떤 말을 하면서 아무나 알 수 있는 일반적인 뜻을 전달하는가 하면 같은 말에다 보통 의미와 다른 뜻을 담아서 사용하는 방법이 있거든. 그런 재주가 방금 우리 불쌍한 친구들 몇 명을 죽였어."

교훈
암호의 활용은 긴 역사를 가지고 있을 뿐 아니라 위력이 대단한 것이다.

207
나귀와 개

나귀와 개가 함께 여행하고 있었습니다. 길을 가다가 그들은 땅에 떨어져 있는 봉합된 묶음 하나를 발견했습니다. 나귀가 그것을 집어 올려 봉합끈을 찢고 그 안에 든 어떤 서류를 발견했습니다. 나귀는 나아가서 그 서류에 적힌 글을 큰 소리로 개에게 읽어주었습니다. 계속 읽어보니 그것은 풀, 보리, 건초 등 간단히 말해서 나귀가 좋아하는 모든 종류의 먹거리에 대한 것임이 판명되었습니다. 개는 이 모든 내용을 경청하는 데 무한한 지루함을 느끼다가 마침내 그의 성급함에 압도되어 소리쳤습니다.

"친구야, 몇 페이지 건너뛰어라. 그리고 고기나 뼈에 대한 글이 있나 봐줘."

나귀는 묶음을 전부 훑어보았지만 개가 원하는 그런 종류의 내용은 발견하지 못하고 결국 그런 내용은 찾을 수 없다고 말했습니다. 그러자 개는 기분 나쁘다는 듯이 말했습니다.

"아, 그래? 그까짓 거 던져버려, 어서. 그 따위 것이 무슨 소용 있다는 거야?"

교훈
인간은 자신의 이익과 직접 관계가 없는 것에는 관심이 전혀 없다.

208
조각상을 운반한 나귀

어떤 사람이 나귀 등에 신의 조각상을 싣고 도시의 한 사원으로 운반하고 있었습니다. 그들이 길을 따라 가고 있을 때 만나는 모든 사람들은 그 신상을 향한 존경심에서 모자를 벗고 머리 숙여 절했습니다. 그러나 나귀는 사람들이 저를 존경해서 그러는 줄로 생각했습니다. 따라서 나귀는 우쭐대기 시작했습니다. 마침내 나귀는 어찌나 거만해졌던지 제 마음대로 할 수 있다고 상상하고는 등에 진 짐에 대한 항의의 표시로 발걸음을 완전히 멈추고 더는 앞으로 나아가기를 확실히 거부했습니다. 그렇게 완강하게 구는 것을 본 주인은 그의 막대기로 나귀를 호되게, 그것도 오랫동안 때리고 나서 말했습니다.

"이 머리 나쁜 백치야, 이 꼴이 뭐냐? 인간들이 나귀에게 절을 한다고 생각하니?"

교훈
남에게 돌아갈 신임을 차지하려는 자들에게는 험한 충격이 대기하고 있는 법이다.

209
아테네 사람과 테베 사람

아테네 사람과 테베 사람이 함께 길을 가고 있었는데, 그들도 여행자들의 버릇이 그러하듯 대화로 시간을 보냈습니다. 다양한 주제로 토론한 후 그들은 영웅들에 대한 이야기를 시작했습니다. 사실 이 주제는 교훈적이기보다 풍부한 상상력을 이끌어내는 성격의 화제였습니다.

각자는 자신들의 도시가 배출한 영웅들에게 칭찬을 아끼지 않았습니다. 마침내 테베 사람은 헤라클레스가 지상에 살았던 가장 위대한 영웅이며 현재에도 신들 중에서 가장 앞자리를 차지한다고 주장했습니다.

한편 아테네 사람은 테세우스가 훨씬 상위에 있다고 주장했습니다. 왜냐하면 테세우스의 무운(武運)은 여러 방식으로 최고의 축복을 받았기 때문이라는 것이었습니다. 그에 반해 헤라클레스는 한때 하인 노릇까지 했어야 했다는 것이었습니다.

그리하여 아테네 사람이 우세했습니다. 왜냐하면 모든 아테네 사람들이 그러하듯 그 사람도 입심이 좋은 사람이었기 때문이었습니다. 말로는 상대가 못 된 테베 사람은 결국 역정을 내며 떠들었습니다.

"됐어요, 됐어. 마음대로 하시구려. 내가 단지 희망하건대 우리

영웅들이 우리 때문에 화가 나면 아테네 사람들은 헤라클레스의 분노로 인해 수난을 당할 것이고 테베 사람들은 다만 테세우스의 분노로 수난을 당할 것이오."

교훈
어느 시대 어느 국가를 막론하고 약하건 강하건 어느 정도의 지방색이 있는 법이다.*

210
염소 몰이꾼과 염소

어느 날 염소 몰이꾼이 가축우리로 돌아가려고 그의 염소 떼를 모으는데, 염소 중 한 마리가 무리에서 이탈하여 무리와 합세하기를 거부했습니다. 그는 오랫동안 소리쳐 부르고 휘파람을 불어 그놈을 돌아오게 하려고 노력했습니다. 그러나 염소는 그의 부름에 전혀 관심을 보이지 않았습니다. 마침내 염소 몰이꾼은 염소에게 돌을 던졌는데, 그 돌이 염소의 뿔 한쪽을 부러뜨렸습니다. 당황한 염소 몰이꾼은 염소에게 주인님께 말하지 말라고 간청했습니다. 그러나 염소는 이렇게 대답하는 것이었습니다.

"바보 같은 친구야, 내가 아무리 입을 봉하고 있어도 내 뿔이 크게 울어댈 것 아니겠어?"

교훈
숨길 수 없는 것을 숨기려 해봤자 소용없는 일이다.

211
양과 개

옛날에 양이 목동에게 양과 개를 차별대우하는 것에 대해 불평을 늘어놓았습니다. 양들이 말했습니다.

"당신들의 처사는 매우 이상합니다. 게다가 매우 불공평하다고 생각합니다. 우리는 당신들에게 양털과 어린양들과 양젖을 제공합니다. 그런데 당신들은 우리에게 고작 풀밖에는 주지 않는데 그것조차도 우리가 우리 힘으로 찾아야 하지 않습니까? 하지만 당신들은 개에게는 얻는 것이 아무것도 없는데도 개에게 식탁에서 나오는 맛있는 음식을 먹이지 않습니까?"

그들의 말을 개가 엿듣고는 즉시 터놓고 말했습니다.

"그래, 네 말도 맞다. 그런데 내가 아니면 너는 어떻게 되지? 도둑들이 너희들을 훔쳐가! 늑대들이 너희들을 먹어치워! 정말이지 내가 끊임없이 감시하지 않으면 너희들은 겁을 먹고 풀도 못 뜯어!"

양들은 개가 진실을 말한다는 것을 인정하지 않을 수 없었고 다시는 개가 주인에게서 받는 극진한 대접에 대해 불평하지 않았습니다.

교훈

인간들은 자기가 속한 직업 집단만이 사회와 국가에 가장 큰 공헌을 한다고 생각하기 쉽다.*

212
목동과 늑대

한 목동이 초원에서 혼자 방황하는 새끼 늑대를 발견하고는 그놈을 집으로 데려와 자기가 기르는 개들과 함께 길렀습니다. 새끼 늑대가 몸집이 클 대로 큰 어른 늑대가 되었을 때, 어떤 늑대가 양 떼에서 양 한 마리를 훔치면 집에서 기른 늑대는 도둑 늑대를 추격하는 일에 개들과 합세하곤 했습니다. 때로 개들은 도둑 늑대를 따라잡는 데 실패하여 추격을 포기하고 집으로 돌아왔는데, 그럴 경우에도 집에서 기른 늑대는 혼자서 추격을 계속하였으며 범인을 따라잡으면 도둑 늑대와 잔치를 같이 벌이고 나서 목동에게 돌아왔습니다.

늑대들에 의해 한 마리의 양도 잡혀가지 않고 어느 정도 시간이 흐르자 그 기른 늑대는 직접 양 한 마리를 훔쳐 개들과 그 약탈물을 나눠먹었습니다. 목동이 의심하기 시작했는데, 어느 날 목동은 기른 늑대를 현장에서 잡았습니다. 목동은 그놈의 목에 밧줄을 감아 가까운 나무에 달아매었습니다.

교훈
타고난 특질은 교육으로도 고칠 수 없다.

213
사자와 제우스와 코끼리

크기와 체력, 게다가 날카로운 이빨과 발톱을 가지고 있는데도 사자는 한 가지 점에서는 겁쟁이였습니다. 사자는 수탉이 우는 소리를 참지 못해서 그 소리를 들을 때마다 도주했습니다. 사자는 자기를 그렇게 창조한 것에 대해 제우스 신에게 격렬하게 불평을 터뜨렸습니다.

그러나 제우스 신은 그것은 자신의 잘못이 아니라고 말했습니다. 자기는 사자를 위해 최선을 다했기 때문에 그것이 사자의 유일한 결함이라고 하면 사자는 만족해야 마땅하다는 것이었습니다. 하지만 사자에게는 제우스 신의 말이 위로가 되지 않았습니다. 그래서 사자는 자신이 겁이 많다는 사실을 매우 창피하게 여기며 죽고 싶었습니다.

이런 기분에 사로잡혀 있는 사자는 마침 코끼리를 만나서 그와 이야기를 나눴습니다. 사자는 코끼리가 마치 무엇을 청각으로 찾듯이 항상 귀를 쫑긋 세우는 것을 눈여겨보고 코끼리더러 왜 그렇게 하느냐고 물었습니다. 바로 그때 모기 한 마리가 쌩 하고 지나갔는데, 코끼리가 말했습니다.

"저 빌어먹을 작고 붕붕대는 곤충 봤니? 나는 저게 내 귀로 들어갈까 봐 지독히 떨고 있는 판이야. 저것이 귀로 들어가는 날이면 난

끝장이야."

이 말을 듣자 즉시 사자의 사기가 올라갔습니다. 사자는 속으로 혼잣말을 중얼거렸습니다.

"코끼리는 저렇게 덩치가 거대한 데도 모기를 무서워한다면 나는 수탉을 두려워한다고 해서 창피하게 생각할 필요가 없군. 수탉은 모기보다 만 배는 더 크지 않겠어?"

교훈
권력자, 부자, 학자 등 사회의 강자들에게도 아킬레스건은 있는 법이다.

214
돼지와 양

돼지 한 마리가 양 떼가 풀을 뜯는 초원 안으로 길을 더듬어 들어왔습니다. 목동이 그놈을 잡더니 내친김에 푸줏간으로 끌고 가려 했습니다. 돼지는 멱따는 소리를 지르며 목동의 손아귀에서 벗어나려고 발버둥을 쳤습니다. 양들이 그런 법석을 떠는 것에 대해 돼지를 비난하며 말했습니다.

"목동은 규칙적으로 우리들을 잡아 그렇게 끌고 가지만 우리는 아무 소란도 피우지 않아."

그 말에 돼지가 대꾸했습니다.

"그렇겠지. 아마 그렇겠지. 하지만 내 경우와 너희들의 경우는 전혀 달라. 너희를 필요로 하는 건 털을 얻기 위해서지만 나를 필요로 하는 것은 삼겹살을 얻기 위해서야."

교훈
인간에게 봉사하는 방법에서 돼지는 생명을 잃는 방식이고 양은 몸의 일부를 떼어주는 방식이다.*
인간들이 국가에 봉사하는 방식을 생각해보면 전시의 군인들은 생명을 내거는 봉사고 일반 국민은 세금을 내는 방식이다.*

215
정원사와 그의 개

정원사의 개가 우물에 빠졌는데, 개의 주인이 정원의 식물에게 주려고 두레박으로 물을 긷는 우물이었습니다. 두레박을 이용하는 방식으로 개를 꺼내는 데 실패하자 정원사는 개를 건져 올리려고 몸소 우물 속으로 내려갔습니다. 그러나 개는 주인이 자기를 확실히 익사시키려고 내려온 것이라 생각했습니다. 그리하여 주인이 제 몸에서 손닿는 거리에 오자마자 주인을 물어 큰 상처를 입혔습니다. 그 결과 주인은 개를 제 운명에 맡기고 우물에서 기어 나와 말했습니다.

"그렇게 단호히 죽기로 결심한 자살자를 구하려고 노력했으니 자업자득이지 뭐야."

교훈
순수한 도움을 위해 내민 손이 무안을 당할 때가 있다.●
웃자고 하는 익살스러운 이야기다. 그러나 이 속에도 일반적인 개의 특성에 대한 예리한 관찰이 엿보인다.●

216
강들과 바다

옛날 옛적에 모든 강들이 자기들의 물을 짜게 만드는 바다의 소행에 항의하려고 제휴했습니다. 그들이 바다에게 말했습니다.

"당신에게 올 때 우리는 달콤하고 마실 수 있는 물이었습니다. 그런데 일단 당신과 섞이면 우리들의 물은 당신의 물처럼 짜게 변해 입에 댈 수도 없게 돼요."

그러자 바다는 짧게 말했습니다.

"나한테서 멀리 떨어져 있으라구. 그러면 너희들은 달콤한 물로 남아 있을 테니까."

교훈

싫으면 오지 말 것이지 와가지고 이러쿵저러쿵 말이 많은 것이 또한 인간들의 어쭙잖은 속성이다.*

217
사랑에 빠진 사자

사자가 농민의 딸에게 홀딱 반하여 그녀와 결혼하기를 원했습니다. 그녀의 아버지는 그렇게 무서운 남편에게 딸을 주는 것이 내키지 않았습니다만 사자를 기분 나쁘게 하기를 원하지 않았습니다. 그리하여 농부는 다음과 같은 방편을 머리에 떠올렸습니다. 농부는 사자에게 가서 말했습니다.

"자네는 우리 딸에게 매우 훌륭한 남편이 될 거라고 생각하네. 그런데 내가 자네의 이빨을 빼고 발톱을 자르는 걸 허용하지 않으면 자네와 딸의 결합에 동의할 수 없네. 딸이 그것들을 몹시 무서워한단 말일세."

사자는 너무너무 그녀에게 반해 있어서 선뜻 그렇게 하는 것에 동의했습니다. 그러나 사자가 일단 이렇게 무장해제 되자 농부는 사자를 더는 무서워하지 않고 곤봉으로 때려 쫓아버렸습니다.

교훈
이성에게 반하는 것만으로도 패가망신하는 사람들이 많다.

218
양봉가

어떤 도둑이 양봉장으로 들어가 마침 양봉가가 외출 중인 것을 확인하고 모든 꿀을 훔쳤습니다. 귀가하여 벌통이 빈 것을 발견했을 때 양봉가는 매우 당황해서 얼마 동안 벌집들을 응시하고 서 있었습니다. 얼마 지나지 않아 벌들이 꿀을 모은 후 돌아왔다가 그들의 집이 뒤집혀 있고 양봉가가 그 곁에 서 있는 것을 발견하고는 벌침으로 양봉가를 공격했습니다. 그렇게 당하자 양봉가는 노발대발하며 소리쳤습니다.

"배은망덕한 악당놈들아! 내 꿀을 훔친 도둑은 무사히 달아나게 놔두고 항상 너희를 정성껏 돌봐준 나한테 덤벼들어 침을 쏘다니!"

교훈
앙갚음을 할 때 상대가 맞아야 마땅한 사람인지부터 확인하라. 헛짚고 엉뚱한 사람에게 분풀이하지 마라.

219
박쥐와 가시나무와 갈매기

　박쥐와 가시나무와 갈매기가 동업자가 되어 함께 장사차 항해 여행에 나서기로 결심했습니다. 박쥐는 이 모험을 위해 얼마간의 돈을 꾸었고 가시나무는 여러 종류의 옷가지를 들고 왔으며 갈매기는 많은 양의 납을 가지고 승선했습니다. 그리하여 그들은 출항했습니다. 그런데 강한 폭풍이 불어와 모든 짐을 실은 그들이 탄 배는 바닥으로 가라앉았습니다. 세 여행자는 겨우겨우 육지에 도착했습니다.
　그때 이래 갈매기는 바다 위를 이리저리 날아다니며 이따금 수면 아래로 잠수해서 자신이 잃어버린 납을 찾게 되었습니다. 한편 박쥐는 채권자들을 만날까 봐 두려워서 낮에는 멀찍감치 가서 숨고 밤에만 배를 채우러 나오게 되었습니다. 또한 가시나무는 지나가는 모든 사람의 옷을 붙잡는데, 그것은 언젠가 자신이 잃어버린 옷을 알아내서 회수하고 싶은 희망 때문입니다.

교훈
인간들은 자기들에게 없는 것을 얻으려 하기보다 자신들이 잃어버린 것을 되찾는 데에 더 관심이 크다.

220
늑대와 말

배회하던 늑대 한 마리가 귀리 밭에 왔습니다. 하지만 그것을 먹을 수는 없기 때문에 저 가던 길을 가려는데 말이 그곳으로 왔습니다. 늑대가 말했습니다.

"이봐, 여기에 훌륭한 귀리 밭이 있구나. 너를 위해 이 밭을 건드리지 않고 남겨두었어. 익은 알곡을 너의 이빨이 우적우적 씹으며 내는 소리를 난 매우 좋아하거든."

그러자 말이 대답했습니다.

"이 친구야, 늑대가 귀리를 먹을 줄 알면 너는 네 배를 희생하면서까지 네 귀를 즐겁게 하진 않을걸."

교훈
자신에게 소용없는 것을 남에게 주는 처사 속에는 미덕이 없다.

221
개와 늑대

개 한 마리가 농장 문 앞에서 햇볕을 쪼이며 누워 있을 때 늑대가 그 개를 덮치며 막 잡아먹을 참이었습니다. 그러나 개는 살려달라고 애원하며 말했습니다.

"보시다시피 저는 얼마나 말라빠진 개입니까? 그러니 지금 저는 빈약한 식사거리밖에 되지 않을 겁니다. 그렇지만 며칠만 기다리시면 우리 주인이 잔치를 벌일 예정이에요. 모든 풍성한 음식 조각과 남은 음식이 저에게 떨어질 것입니다. 그러면 저는 멋지고 살이 포동포동해질 것입니다. 그때가 저를 잡수실 시간입니다."

꽤 좋은 계획이라고 생각하고 늑대는 가버렸습니다. 얼마 후 늑대는 다시 농장에 와서 개를 보았는데, 개는 외양간 지붕 위, 그러니까 늑대가 미치지 못하는 곳에 누워 있었습니다. 늑대가 불렀습니다.

"내려와서 내 밥이 되거라. 우리가 그렇게 정한 것 너도 기억하지?"

그러나 개는 싸늘하게 말했습니다.

"이 친구야, 자네 혹시 그곳 문앞에서 누워 있는 나를 잡거든 어떤 잔치도 기다리지 마라."

교훈

한 번 혼나면 두 배로 조심하는 법이다.

222
말벌과 뱀

말벌 한 마리가 뱀의 머리 위에 앉아 뱀을 몇 번 쏘았을 뿐 아니라 그 머리에 집요하게 매달려 있었습니다. 통증으로 미칠 지경이 된 뱀은 이 피조물을 제거하기 위해 생각할 수 있는 모든 방법을 동원했지만 모두 허사였습니다. 마침내 뱀은 절망적으로 소리쳤습니다.

"목숨을 희생해서라도 내 너를 죽이고 말 테다."

뱀은 말벌이 앉아 있는 제 머리를 지나가는 마차 바퀴 밑으로 깔았던 것입니다. 그리하여 그들 둘은 함께 죽어버리고 말았습니다.

교훈

참을 수 없는 박해를 당한 자는 "너 죽고 나 죽자"식 해결책에 호소한다.

223
독수리와 딱정벌레

　독수리가 산토끼를 쫓고 있었습니다. 산토끼는 귀한 생명을 건지려고 달렸으나 어디다 도움을 요청할지 몰랐습니다. 이윽고 산토끼는 딱정벌레를 발견하고 도와달라고 요청했습니다. 그래서 독수리가 나타났을 때 딱정벌레는 자기가 보호하는 산토끼를 건드리지 말라고 독수리에게 경고했습니다.

　그러나 독수리는 딱정벌레가 너무 작았기 때문에 그를 보지 못하고 그냥 산토끼를 잡아먹었습니다. 딱정벌레는 이 일을 결코 잊지 않고 독수리의 둥지를 계속 감시하곤 했습니다. 그래서 독수리가 알을 낳을 때마다 딱정벌레는 기어올라가 알을 둥지 밖으로 굴려내어 깨버렸습니다.

　마침내 독수리는 알을 잃은 것에 대해 어찌나 걱정스러웠던지 자기의 각별한 보호자인 제우스 신에게 올라가 알을 품을 수 있는 안전한 장소를 달라고 애원했습니다. 그리하여 제우스 신은 자신의 무릎 위에다 알을 낳도록 허락했습니다.

　딱정벌레는 이것을 알아채고 독수리 알만 한 크기의 오물로 된 공을 만들어 날아올라가 제우스 신의 무릎에 떨어뜨려놓았습니다. 이 오물을 본 제우스 신은 자리에서 일어나 그것들을 입고 있던 자포에서 털어냈습니다. 알들에 대해서는 깜빡 잊고 먼지를 털었던 것입니다. 따라서 그곳에 있던 알들도 전처럼 깨지고 말았습니다.

그때 이래 독수리는 딱정벌레가 돌아다니는 계절에는 절대로 알을 낳지 않는다고 세상 사람들은 말하고 있습니다.

교훈
약자들은 전에 당했던 모욕을 복수할 방법을 찾는다.

224
새사냥꾼과 종달새

새사냥꾼이 작은 새들을 잡으려고 그물을 치고 있을 때 종달새 한 마리가 가까이 와서 무엇을 하느냐고 물었습니다.
"나는 도시를 건설하는 일에 매달려 있단다."
새사냥꾼이 말했습니다.
그렇게 말하고는 곧 좀 떨어진 곳으로 물러나 몸을 숨겼습니다. 종달새는 큰 호기심을 가지고 그물을 살폈습니다. 이윽고 미끼를 보고는 그것을 확보하려고 그물로 날아올랐습니다. 그 순간 그물눈 속에 그 새는 엉키고 말았습니다. 새사냥꾼은 재빨리 달려와 종달새를 잡았습니다.
"난 정말 바보였어! 하지만 어쨌거나 저것이 당신이 건립하는 그런 도시라면 오래 안 가서 이곳은 바보들로 가득 차겠군요."
종달새가 말했습니다.

교훈
머리가 좋아야 남의 계략에 넘어가지 않는다.

225
족제비와 인간

한 사람이 항상 집 둘레를 살금살금 걸어다니던 족제비를 잡아 이제 막 물통에다 넣어 익사시키려던 참이었습니다. 족제비는 살려달라고 애원하며 그에게 말했습니다.

"분명 아저씨는 저를 죽일 용기가 나지 않으시죠? 아저씨 집으로 병균을 옮겨왔던 생쥐들과 도마뱀들을 제거해드리는 제가 얼마나 유용합니까? 제 목숨을 살려 저에 대한 감사한 마음을 보여주십시오."

"네가 전적으로 쓸모없지 않다는 건 나도 인정하지. 하지만 누가 닭들을 죽였지? 누가 고기를 훔쳐갔지? 이건 안 돼, 안 돼! 너는 득보다 해를 더 많이 끼치는 놈이니까 죽여주지!" 하고 그 사람이 말했습니다.

교훈
득보다 해가 많은 대상은 사회에서 도태되어야 한다.

226
피리부는 어부

피리를 불 줄 아는 어부가 어느 날 그물과 피리를 가지고 바닷가로 내려갔습니다. 튀어나온 바위 위에 자리 잡고 서서 그는 한 곡조를 연주하기 시작했습니다. 그의 음악이 물고기들을 물 밖으로 튀어나오게 하리라고 생각했던 것이죠. 어부는 얼마 동안 연주를 계속했지만 물고기 한 마리 나타나지 않았습니다. 그래서 마침내 그는 피리를 밑으로 던지고 그물을 바다 속으로 내렸습니다. 그러고는 그물 가득히 많은 물고기를 건졌습니다. 물고기들을 땅에 끌어올려 그것들이 바닷가에서 이리저리 뛰는 것을 보았을 때 어부는 큰 소리로 외쳤습니다.

"이 악당들아! 너희들은 내가 피리를 불 때는 춤추려 들지 않더니 피리 부는 것을 그친 지금에 와서는 춤밖에는 아는 게 없다 이거냐?"

교훈
잘하던 일도 멍석 깔면 안 하는 것 역시 인간의 한 속성이다.

227
농부와 나귀와 황소

농부가 황소와 나귀를 한 쌍이 되게 멍에를 걸고 그의 밭갈이에 착수했습니다. 임시방편치고는 형편없는 팀짜기였습니다. 그러나 그에게는 황소가 한 마리밖에 없었기 때문에 그것은 그가 할 수 있는 최선책이었습니다. 날이 저물어 짐승들에게서 멍에를 벗겼을 때 나귀가 황소에게 말했습니다.

"자, 우리는 힘든 날을 마쳤구나. 그럼 우리 중 누가 주인님을 집까지 태워 모시지?"

황소는 이 질문에 놀라는 표정을 짓더니 말했습니다.

"원 참, 틀림없이 여느때처럼 네가 모시는 거지."

교훈
어쩌다 같은 일을 잠시 함께 했다 해서 서열도 같아지는 것은 아니다.

228
데마데스와 그의 우화

한번은 연설가 데마데스가 아테네의 의회에서 연설하고 있었습니다. 그러나 사람들은 그가 말하는 것에 주의를 기울이지 않았습니다. 그러자 데마데스는 연설을 중지하고 말했습니다.

"신사 여러분, 나는 이솝 우화 하나를 여러분께 들려드리고 싶습니다."

이 발언에 모든 사람은 열심히 귀를 기울였습니다. 그러자 데마데스는 시작했습니다.

"데메테르 여신과 제비와 뱀장어가 이전에 함께 여행을 하는데, 그들은 다리가 없는 강에 이르렀습니다. 제비는 강 위를 날아 넘었고 뱀장어는 수영해서 물을 건넜습니다."

여기서 그는 말을 끊었습니다.

"데메테르 여신은 어떻게 되었습니까?"

청중 중에서 몇 명이 소리쳤습니다. 연설가는 대답했습니다.

"여러분이 공사에 신경을 써야 하는데도 아랑곳없이 우화나 듣고 있다 해서 데메테르 신은 여러분께 매우 화가 나셨습니다."

교훈
염불에는 관심 없고 젯밥에만 관심 있다.

229
원숭이와 돌고래

사람들은 항해에 나설 때 흔히 시간을 즐겁게 보려고 애완동물로 강아지나 원숭이를 데리고 갑니다. 이리하여 동양에서 아테네로 돌아오는 사람이 애완용 원숭이를 데리고 배에 오르는 일이 생겼던 것입니다. 아티카 섬 해안에 가까이 왔을 때 큰 태풍이 엄습하여 배가 전복되었습니다. 배 위에 있던 모든 것은 물속으로 던져진 채 헤엄을 쳐 자신들을 구하려고 노력했습니다. 그 중에는 원숭이도 있었습니다. 한 돌고래가 그를 인간인 줄로 알고 제 등에 태우고 해안을 향해 헤엄치기 시작했습니다. 아테네의 한 항구인 피레우스에 가까이 왔을 때 돌고래는 원숭이더러 당신은 아테네 사람이냐고 물었습니다. 원숭이는 그렇다고 대답하면서 자기는 매우 유명한 가문 출신이라고 덧붙였습니다.

"그렇다면 물론 당신은 피레우스를 알겠군요?"

돌고래가 이어서 말했습니다.

원숭이는 돌고래가 어떤 고위 공직자에 대해 말한다고 여겼습니다.

"물론이지요. 그는 나의 매우 오래된 친구입니다."

그 말에 원숭이의 위선을 알아챈 돌고래는 어찌나 구역질이 났던지 수면 밑으로 잠수했습니다. 그리하여 그 불운한 원숭이는 곧 익사하고 말았습니다.

교훈

위선자는 결국 실체가 발각된다.*

230
까마귀와 뱀

배고픈 까마귀 한 마리가 양지바른 곳에서 잠자코 누워 있는 뱀을 발견하고는 발톱으로 집어 들어 방해받지 않고 식사할 수 있는 곳으로 가져가고 있었습니다. 그때 뱀은 고개를 뒤로 치켜들더니 까마귀를 물었습니다. 그것은 독사여서 물린 것은 치명적이었습니다. 죽어가는 까마귀가 말했습니다.

"내 팔자는 기구하기도 하지. 운좋게 전리품을 얻었다고 생각했는데 그 대가가 내 생명이라니!"

교훈
아무리 규모가 작은 사업이라 해도 위험이 따르지 않는 사업은 없다.

231
개들과 여우

옛날에 개 몇 마리가 사자의 가죽을 발견하고 이빨로 그것을 물고 흔들어대고 있었습니다. 바로 그때 여우가 지나가다가 말했습니다.

"너희들은 분명 자신들이 용감하다고 생각하지? 하지만 저것이 산 사자라면 그것의 발톱이 너희들의 이빨보다 훨씬 날카롭다는 것을 알게 될 텐데."

교훈
까불어도 좋은데 세상의 실상 좀 알고 까불어라.

232
꾀꼬리와 매

꾀꼬리 한 마리가 참나무의 잔가지에 앉아 늘 하던 습성대로 노래하고 있었습니다. 이윽고 허기진 매가 꾀꼬리를 보고 그곳으로 쏜살같이 날아가 발톱으로 꾀꼬리를 잡았습니다. 꾀꼬리를 발기발기 찢으려는 순간 꾀꼬리는 매에게 살려달라고 애원했습니다.

"저는 작아서 아저씨의 한 끼 거리도 못 될 겁니다. 더 큰 새들 중에서 먹이를 찾으셔야죠."

꾀꼬리가 간청하자 매는 멸시에 찬 눈으로 꾀꼬리를 훑어보았습니다.

"현재 보일 기미도 없는 어떤 더 좋은 기회를 바라고 내가 확실한 먹잇감을 포기할 것이라고 생각한다면 넌 나를 바보로 여김에 틀림없구나."

매가 말했습니다.

교훈
손에 잡힌 한 마리 새가 하늘을 나는 두 마리 새보다 더 소중하다.

233
장미와 아마란스

장미와 아마란스가 나란히 정원에서 꽃을 활짝 피우고 있었습니다. 그런데 아마란스가 이웃인 장미에게 말했습니다.

"난 너의 아름다움과 달콤한 향기가 부럽구나. 세계 사람들이 너를 애호하는 것도 당연해."

장미는 슬픈 기색이 감도는 목소리로 대답했습니다.

"아, 친구야. 내 꽃이 피는 것은 잠시뿐이야. 내 꽃잎은 곧 시들어 떨어지고 그렇게 되면 난 죽어. 하지만 네 꽃은 잘려가긴 하지만 절대로 시들지 않아. 네 꽃은 영원하니까."

교훈

남의 떡이 더 커 보인다. 마치 길 건너 풀밭이 더 푸르게 보이는 것처럼.

234
사람과 말과 황소와 개

어느 겨울날 무서운 태풍이 몰아쳤습니다. 말과 황소와 개가 사람의 집에 와서 태풍이 지나갈 때까지 몸을 피할 수 있게 해달라고 부탁을 했습니다. 사람은 그들을 선뜻 안으로 들어오도록 허락했습니다. 또한 그들이 추워하고 몸은 젖어 있었기 때문에 사람은 그들이 편안하도록 불을 피웠습니다. 그러고 나서 말 앞에는 귀리를 놓아주고 황소에게는 건초를 주었으며 개는 자기 식탁에서 남은 것을 먹였습니다.

폭풍이 가라앉고 떠날 날이 왔을 때 그들은 다음과 같은 방식으로 자기들의 감사함을 표시하기로 결심했습니다. 그들은 사람의 생애를 저희끼리 삼 등분하여 각 부분 하나씩에다 각자가 특유하게 소유한 특질을 선물로 부여하였습니다.

말은 청춘기를 맡았습니다. 그래서 젊은이들은 기운이 펄펄하고 자제를 못 하게 되었던 것입니다.

황소는 중년기를 맡았습니다. 따라서 사람은 중년기가 되면 꾸준하고 열심히 일하게 되었습니다.

한편 개는 노년기를 맡았습니다. 이런 이유로 해서 늙은이들은 흔히 앵돌아지기 잘 하고 성미가 까다롭고 개들처럼 자기에게 낯설거나 마음에 맞지 않는 사람들에게는 투덜대기 잘 하는 반면 자신들의 안락을 돌보아주는 사람들만 졸졸 따라다니게 되었던 것입니다.

교훈
청년기와 중년기와 노년기의 특징을 익살스럽고 재치 있게 표출한 우화다. 특히 늘어나는 노인층은 자신이 개의 특질을 가지고 있다는 것을 유념해두었으면 좋겠다.*

235
늑대들과 양들과 숫양

늑대들이 양들과 영속적인 평화를 위해 몇 가지 제안을 들고 양들에게 대표단을 보냈습니다. 거기엔 단서가 있었는데, 양들 측에서 먼저 양몰이 개들을 즉각 사형에 처해야 한다는 조건이었습니다. 바보 같은 양들은 그 조건에 동의했습니다. 그러나 연륜이 쌓여 지혜가 있는 한 늙은 숫양이 끼어들면서 말했습니다.

"우리가 당신들과 평화롭게 산다는 것을 어떻게 기대할 수 있겠소? 봐요, 우리를 보호하는 개들이 가까이 있는데도 우리는 당신들의 잔인무도한 공격으로부터 안전하지 못하지 않습니까?"

교훈

잔인한 성격에다 음흉한 계획을 잘 짜내는 책략가들이 우리 주변에도 많다.

236
백조

　자기가 죽을 때가 왔다는 것을 알면 백조는 일생에 단 한 번 운다는 이야기가 있습니다. 백조가 노래하는 소리를 들은 적이 있는 어떤 사람이 있었는데, 그는 어느 날 장에서 팔려고 내놓은 새들 중 백조 한 마리를 보고 그것을 사서 집으로 가져왔습니다.
　며칠 후 그 사람은 몇몇 친구들을 만찬에 초대하고 백조를 꺼내 와서 손님들을 즐겁게 대접하려고 그것에게 노래하라고 명령했습니다. 그러나 백조는 조용하기만 했습니다. 세월이 흘러 늙었을 때 백조는 자신의 종말이 다가오고 있음을 알고 감미로우면서도 애절한 노래를 갑자기 부르기 시작했습니다. 주인이 그것을 듣고 화가 나서 말했습니다.
　"저 짐승이 죽기 직전에만 노래를 한다면 그 노래를 듣기 원했던 그날 내가 얼마나 바보짓을 한 거지? 그냥 노래하라고 단순히 권할 것이 아니라 목을 비틀었더라면 좋았을 텐데!"

교훈
　예술은 강요에 의해서 생성되는 것이 아니라 자발적으로, 그것도 예술가의 예술혼이 절정에 있을 때 생성된다.

237
뱀과 제우스

몸체가 긴 것도 그렇고 땅 위로 몸을 세울 수 없는 특징 때문에 늘 사람과 짐승에게 밟히는 통에 뱀은 큰 수난을 당했습니다. 그리하여 뱀은 제우스 신에게 가서 자신이 무방비하게 노출되는 위험에 대하여 불평했습니다. 그러나 제우스 신은 그에게 별 동정을 베풀지 않고 말하는 것이었습니다.

"아마 너를 밟은 첫 사람을 네가 물었더라면 다른 사람들도 발을 바닥에 디딜 때 좀 더 조심했을 것이다."

교훈
모든 것은 처음부터 잘 길들여야 한다.

238
농부와 늑대

한 농부가 그의 황소들을 쟁기에서 풀어주고 마실 물이 있는 곳으로 데려갔습니다. 농부가 자리를 비운 동안 굶어서 반죽음이 된 늑대가 나타나 쟁기에 접근하더니 멍에와 연결된 가죽 끈을 질겅질겅 씹기 시작했습니다. 음식에 대한 강한 욕구를 진정시킬 희망으로 필사적으로 갉아먹다가 그만 그 늑대는 이럭저럭 마구에 엉키고 말았습니다. 깜짝 놀란 늑대는 벗어나려고 발버둥쳤지만 마치 쟁기질을 하고 싶은 형상이 되더니 밭에 쟁기질이 남긴 밭골로 쟁기를 끌어당겼습니다. 바로 그때 농부가 돌아와서 벌어지고 있는 광경을 보자 소리쳤습니다.

"아하, 이 늙은 악당아! 너도 이젠 도둑질은 영원히 포기하고 대신 정직한 노동을 시작하길 바란다."

교훈
땀 흘리는 정직한 노동보다 거저먹는 일을 찾는 사람들이 많다.

239
늑대와 제 그림자

해가 하늘에서 낮게 기울어지고 있는 시각에 들판을 배회하던 늑대 한 마리는 자기 그림자가 그렇게 큰 것에 큰 감명을 받아 혼잣말을 중얼거렸습니다.

"내가 저렇게 큰 줄은 몰랐지. 내가 사자를 무서워하다니, 원, 생각만 해도! 그렇지, 사자가 아니라 내가 동물의 왕이 되어야 옳아."

그리하여 늑대는 위험은 아랑곳하지 않고 자기가 왕이 되어야 한다는 것만은 의심할 여지가 없다는 듯이 이리저리 뻐기고 활보했습니다. 바로 그때 사자가 나타나 늑대에게 덤벼들어 삼키기 시작했습니다.

"에그머니나! 사실을 외면하지 않았더라면 내 망상으로 인해 이런 파멸을 맞지는 않았을 텐데!"

늑대는 울부짖었습니다.

교훈
망상은 자유지만 지나친 망상은 파멸을 부른다.

240
헤르메스와 개미에 물린 사람

어떤 사람이 모든 선원을 태운 채 배 한 척이 침몰하는 것을 보고 신들의 부당성에 대해 신랄하게 평했습니다. 그는 말했습니다.

"신들은 인간 하나 하나의 개성은 아랑곳하지 않는군. 착한 자들과 악한 자들 모두를 죽게 내버려두는군."

그 사람이 서 있는 곳 가까이에는 개미집이 있었는데, 그가 그렇게 말하고 있을 때 개미 한 마리가 그의 발을 물었습니다. 화가 나서 그 사람은 그가 밟고 선 개미집을 돌아보더니 자기를 물지 않은 몇 백 마리의 개미들을 밟아 으깨버렸습니다. 갑자기 헤르메스 신이 나타나 지팡이로 그를 호되게 때리며 말했습니다.

"너 악당아, 너의 그 멋진 정의감이라는 것이 지금 어디 있느냐?"

교훈
때로 신의 섭리는 악한 자들뿐 아니라 선한 자들도 구분 없이 벌한다.

241
꾀 많은 사자

사자 한 마리가 초원에서 살이 포동포동하게 찐 황소가 풀을 뜯는 것을 유심히 보고는 앞으로 벌일 성대한 잔치를 생각하여 군침을 흘렸습니다. 그러나 사자는 황소의 날카로운 뿔이 무서워 감히 공격하지는 못했습니다. 이윽고 그의 배고픔이 그에게 무언가 하라고 강요하는 것이었습니다. 폭력의 행사는 성공을 기약하는 것이 아니었기 때문에 사자는 책략을 쓰기로 결심했습니다. 황소에게 다정하게 다가가서 사자는 말했습니다.

"너의 웅장한 모습을 보면 찬탄의 말을 하지 않을 수 없구나. 머리는 얼마나 멋진지 몰라. 그 어깨와 허벅지는 얼마나 힘차 보이는지 몰라. 한데, 사랑하는 친구야, 도대체 그 추한 뿔은 무엇 하러 달고 다니지? 그것들은 볼썽사나울 뿐더러 어색하다는 걸 알아야 해. 정말이지 너는 그것들만 없으면 훨씬 더 훌륭하겠구나."

황소는 알랑거림에 바보처럼 넘어가 결국 자기 뿔을 잘라버렸습니다. 이제 자신의 유일한 방어 수단을 잃어버린 황소는 사자의 손쉬운 먹을거리가 되어버렸습니다.

교훈

허영심으로 인하여 패가망신하는 남녀가 허다하다.

242
앵무새와 고양이

옛날에 어떤 사람이 앵무새 한 마리를 사 가지고 와서 집 안을 마음대로 날아다니도록 허용했습니다. 앵무새는 자유를 만끽했습니다. 곧 벽난로 위로 날아올라가 마음껏 목이 터져라고 소리치기도 했습니다. 그 소음이 벽난로 양탄자 위에서 잠자던 고양이의 잠을 방해했습니다. 침입자를 올려다보며 암고양이가 말했습니다.

"넌 누구지? 어디서 굴러들어왔니?"

앵무새가 대답했습니다.

"주인이 나를 사서 집으로 데려온 거지요, 뭐."

"이 파렴치한 놈아, 너 새로 온 주제에 감히 그렇게 시끄럽게 굴 기냐? 난 말야, 여기서 태어나 평생 여기서 살았다. 하지만서두 내가 용기를 내서 야옹 하는 소리를 내면 식구들은 나한테 물건을 집어던지질 않나 마구 온 집 안을 쫓아다니면서 날 잡으려 하는데."

앵무새가 말했습니다.

"이봐요, 아주머니. 입 좀 다물어요. 내 목소리는 그들을 즐겁게 하지만 아주머니 목소리는 그게…… 완전히 공해예요."

교훈
동서고금을 막론하고 텃세가 없는 곳은 없는 모양이다.

243
수사슴과 사자

    수사슴 한 마리가 사냥개들에게 쫓기다가 굴로 피신했습니다. 그곳에서 사슴은 추격자들로부터 안전하기를 희망했습니다. 불운하게도 그 굴에는 사자 한 마리가 있었는데 사슴은 사자에게 쉬운 먹을거리였습니다. 사슴은 울부짖었습니다.
    "난 정말 재수 없는 놈이구나. 개들에서 탈출한다는 게 겨우 사자의 손아귀로 기어들어오다니!"

교훈
프라이팬에서 나와 불꽃 속으로.

244
사기꾼

어떤 사람이 병에 걸렸는데, 건강이 너무 악화되자 그는 건강을 되찾게 해주면 소 백 마리를 신들에게 봉납하겠다고 맹세했습니다. 그가 한 맹세를 얼마나 지키나 알고 싶던 신들은 그의 건강을 잠시 회복되도록 했습니다. 그런데 실은 그에게는 도무지 소 한 마리도 없었습니다. 그는 작은 소 백 마리를 수지로 제작하여 제단 위에 올려놓고 신들에게 보였습니다. 동시에 이렇게 말했습니다.

"신들이시여, 제가 저의 맹세를 지켰다는 것을 나와서 보십시오."

신들은 공평한 대접을 해주기로 결심하고는 그에게 꿈을 하나 보내주었는데, 그 꿈속에서 바닷가에 가면 그곳에서 금화 백 크라운을 발견하게 될 터이니 그것을 가져오라고 명령했습니다. 그는 신이 나서 바닷가로 달려갔는데, 한 무리의 강도를 만났습니다. 강도들은 그를 잡아 노예로 팔려고 데려갔습니다. 그들이 그를 팔아넘길 때 그의 몸값은 백 크라운이었습니다.

교훈
지킬 수 없는 약속은 하지 마라.

245
개들과 생가죽

옛날에 배고파 죽을 지경이 된 개들이 있었는데, 마침 강물에 빠져 있는 몇 개의 생가죽을 보았습니다. 그러나 물이 너무 깊어 그들은 생가죽이 있는 곳에 도달할 수 없었습니다. 그리하여 그들은 머리를 모아 결정했습니다. 그들이 그 물체에 닿을 수 있을 만큼 수위가 낮아지도록 강물을 마시기로 결정한 것이었습니다. 그러나 강물의 수위가 내려가기 훨씬 전에 그들은 마신 물로 인해 배가 터지고 말았습니다.

교훈
바보 같은 수단으로 불가능을 시도하는 자들은 자신들을 파멸시키지 않을 수 없다.

246
사자와 여우와 나귀

사자와 여우와 나귀가 함께 사냥을 나갔습니다. 그들은 곧 커다란 전리품을 잡았는데, 사자가 나귀더러 그것을 가르라고 요청했습니다.

나귀는 모두를 똑같은 크기로 삼 등분했습니다. 그러고는 두 동물에게 한 무더기씩 골라 가지라고 말했습니다. 나귀의 말에 사자는 버럭 화를 내며 달려들어 나귀를 갈기갈기 찢어놓았습니다.

다음번에 사자는 여우를 노려보며 네가 새로 분배하라고 명령했습니다. 여우는 전부를 커다란 더미로 모아놓고는 그것이 사자의 몫이라고 말하면서 될수록 작은 조각은 제 몫으로 남겼습니다. 사자가

말했습니다.

"사랑하는 친구야, 넌 어떻게 그런 훌륭한 요령을 터득했느냐?"

여우가 대답했습니다.

"저 말입니까? 나귀한테서 한 수 배웠습니다."

교훈

남의 불운에서 배우는 자는 복이 있나니.

247
모기와 사자

옛날에 모기 한 마리가 사자에게 가까이 가서 말했습니다.

"나는 조금도 너를 무서워하지 않아. 힘에서도 네가 내 적수라고는 인정조차 안 한다구. 결국 너의 힘이 무엇을 이룰 수 있니? 넌 발톱으로 할퀴고 이빨로 물 수 있다는 것, 그러니까 꼭 화난 여자와 같은 거지. 그 이상 뭐냐? 난 너보다 강해. 내 말 못 믿겠으면 싸워보자구."

이렇게 말하고 나서 모기는 뿔나팔을 불며 총알처럼 날아와 사자의 코를 물었습니다. 모기의 따끔한 침 맛을 느끼자 급히 모기를 눌

러 죽이려고 사자는 자신의 코를 힘껏 긁었지만 그 바람에 코에서 피가 흐를 뿐 모기에게 부상을 입히는 데는 완전히 실패했습니다. 모기는 승리한 채 쌩 하는 소리를 내며 날아갔으며 승리로 인해 으쓱해졌습니다. 그러나 곧 모기는 거미줄에 엉켜 거미한테 잡혀 먹혔습니다. 이렇게 모기는 동물의 왕자에게 승리한 후 보잘것없는 곤충의 먹이가 되어버렸습니다.

교훈

오만이 파멸에 앞선다. *

모든 피조물은 먹이사슬을 벗어날 수 없다. *

248
꽃과 자고새와 수탉

어느 날 새사냥꾼이 나물과 빵밖에 없는 빈약한 저녁식사를 하려는데 친구가 난데없이 찾아왔습니다. 식품 저장실은 텅 비었기에 그는 다른 새들을 유인하는 데 이용하려고 길들인 자고새를 잡아 막 목을 조르려고 했습니다. 그러자 자고새가 울부짖었습니다.

"저를 죽이진 않으시겠죠? 참, 다음번 새사냥 가실 때 제가 없으면 어떻게 하시려구요. 어떻게 새들을 그물로 끌어들이려 하세요?"

이 말을 듣고 그는 새를 놓아주고 닭장으로 갔습니다. 그곳에는 포동포동 살이 오른 어린 수탉이 있었습니다. 주인이 무엇을 원하는지 알았을 때 수탉 역시 살려달라고 애원하며 말했습니다.

"저를 죽이면 주인님께서는 어떻게 밤 시간을 아시려는지요? 일하러 가야 할 시간인데 누가 주인님을 깨우겠습니까?"

그러나 새사냥꾼은 대답했습니다.

"네가 시간을 알려주는 건 나도 잘 안다. 그렇지만 내 친구를 저녁도 안 먹이고 잠자리로 보낼 순 없다."

그렇게 말하고 그는 수탉을 잡아 목을 비틀었습니다.

교훈
우정은 무엇보다 중요하다.

249
농부와 그의 개들

한 농부는 무서운 태풍과 동반한 눈 때문에 농장에 갇혀서, 자신과 가족을 위해 밖에 나가 식량을 구할 수 없게 되었습니다. 그래서 그는 먼저 그의 양을 죽여 식량으로 사용했습니다. 그러고도 폭풍이 여전히 계속 되었기 때문에 그는 염소를 죽였습니다. 그리고 마지막으로 날씨가 좋아질 기미를 보이지 않자 그는 어쩔 수 없이 소들을 죽여 먹었습니다. 개들은 여러 동물들이 죽고 차례로 먹히는 것을 보고 서로 이야기를 나눴습니다.

"여기서 빠져나가는 것이 낫겠다. 안 그러면 다음은 우리가 죽을 차례야."

교훈
우리는 과거에 일어난 일을 통해 현재에 닥칠 일을 유추할 수 있다.

250
독수리와 여우

　독수리와 여우가 친한 친구가 되어 서로 가까이에서 살기로 결심했습니다. 서로를 자주 보면 볼수록 더 돈독한 친구가 될 것이라고 그들은 생각했던 것입니다. 그리하여 독수리는 어떤 높은 나무의 꼭대기에 둥지를 트는 한편 여우는 그 나무 밑자락에 있는 덤불 속에 정착하고 한 배의 새끼들을 낳았습니다.
　어느 날 여우는 먹을 것을 찾아 나섰고 새끼들에게 줄 음식이 필요한 독수리는 덤불로 날아 내려와 여우 새끼들을 잡아채어 자신과 가족들의 식사를 위해 나무 위로 날아올라갔습니다.
　여우는 돌아와서 벌어진 일을 발견하고 새끼들을 잃은 것을 애통하기보다 독수리의 둥지에 올라가 독수리의 배신 행위에 대해 원수를 갚을 길이 없기 때문에 더욱 분노를 느끼고 있었습니다. 그리하여 여우는 멀지 않은 곳에 앉아 독수리를 저주했습니다.
　오래지 않아 여우는 복수를 하고야 말았습니다. 다시 말해서 몇몇 마을사람들이 우연히 이웃에 있는 제단에다 양 한 마리를 제물로 바치고 있었습니다. 그러자 독수리는 날아 내려와 불이 붙은 고깃점 하나를 채가지고 둥지로 간 것입니다.
　마침 강풍이 불고 있어 둥지에 불이 붙었습니다. 그 결과 독수리의 새끼들은 반쯤 구어진 채 땅으로 떨어졌습니다. 그러자 여우는 그리로 달려가 독수리가 빤히 내려다보는 가운데 그것들을 게걸스럽게 먹어치웠습니다.

교훈
거짓된 믿음은 인간이 내리는 벌은 피할 수 있지만 신이 내리는 벌은 피할 수 없다.

251
푸줏간 주인과 그의 손님들

두 남자가 장터에 있는 푸줏간에서 고기를 사고 있었는데, 푸줏간 주인이 잠시 손님에게 등을 돌린 동안 손님 중 한 남자가 큰 고깃점을 재빨리 집어 올리더니 급히 다른 남자의 외투 밑으로 그것을 밀어 넣었습니다. 외투 밑에 들어간 고깃점은 보이지 않았습니다. 손님 쪽으로 돌아선 푸줏간 주인은 즉시 고기가 없어진 것을 알아채고 두 손님에게 왜 남의 것을 훔치느냐고 비난했습니다. 그러나 그 고깃점을 집었던 사람은 자기는 지금 그것을 가지고 있지 않다고 말했으며 그것을 지니고 있는 사람은 자기는 그것을 집지 않았다고 말하는 것이었습니다. 푸줏간 주인은 그들이 자기를 속이고 있다고 확신했지만 그저 이렇게 말했습니다.

"당신들이 거짓말로 나를 속일 수는 있겠지만 신은 못 속여. 신은 그렇게 쉽사리 놓아주지 않을 거요."

교훈
발뺌은 위증이 되는 경우가 많다.

252
헤라클레스와 아테나

옛날에 헤라클레스가 좁은 길을 따라 여행하고 있었는데, 도중에 사과처럼 생긴 것이 자기 앞쪽 땅바닥에 놓인 것을 보았습니다. 그런데 그냥 지나치다가 그는 그 물건을 뒤꿈치로 밟게 되었습니다. 놀랍게도 부서지는 대신 그것은 크기가 두 배로 커져 있었습니다. 그것을 다시 공격하고 몽둥이로 호되게 때리자 그것은 엄청난 크기로 불어나 길 전체를 막아버리는 것이었습니다. 이런 판국이 되자 그는 몽둥이를 떨구고 놀란 채 그것을 바라보고 서 있었습니다. 그때 아테나 여신이 나타나 그에게 말했습니다.

"친구여, 그것을 그대로 내버려두시오. 그대가 눈앞에 보고 있는 것은 불화의 사과라오. 그대가 그것에 관여하지 않으면 처음에 있던 것처럼 작게 남아 있을 것이지만 폭력에 호소하면 지금 그대가 보는 크기로 부풀어오른다오."

교훈
관여보다 관망이 더 효과적인 때가 많다.

253
사자에게 시중든 여우

한 사자에게 시중드는 여우가 있었는데, 사냥을 나갈 때마다 여우는 먹이를 발견했고 사자는 달려들어 죽였습니다. 그러고 나서 그들은 그것을 둘이서 나눠 먹었습니다. 사자는 항상 매우 큰 몫을 차지하고 여우는 매우 작은 몫을 차지했는데, 이런 점이 전혀 여우의 마음에 들지 않았습니다. 그래서 여우는 자립을 시도하기로 결심했습니다. 여우는 시험 삼아 양 떼에서 어린 양을 훔치기 시작했습니다. 그러나 목동이 여우를 보고 개들을 시켜 그를 추격하게 했습니다. 이제 사냥하던 자가 사냥당하는 꼴이 되었는데 얼마 안 가서 그는 개들에게 잡혀 죽고 말았습니다.

교훈

위험이 따르는 자유보다 안전이 보장되는 굴종이 더 낫다.

254
돌팔이 의사

어떤 사람이 병에 걸려 침대에 누워 있게 되었습니다. 그는 이따금 여러 의사의 진찰을 받았는데, 한 의사만 제외하고는 이 사람의 목숨은 당장은 위험하지 않지만 병은 아마 상당한 기간 계속될 것이라고 말했습니다. 이 환자에 대하여 다른 견해를 가진, 환자가 진찰받은 마지막 의사이기도 한 이 의사는 환자에게 최악의 경우를 준비하라고 일렀습니다.

"이제 하루도 다 못 살 거요. 그래서 내가 할 수 있는 건 아무것도 없는 것 같습니다."

그 의사가 말하는 것이었습니다.

그러나 막상 나중에 밝혀진 것은 그 의사가 완전히 헛짚었다는 점이었습니다. 다시 말해서 며칠 후 그 병자는 침대를 털고 일어나 여기저기 밖으로 산책하고 다녔고 사실 유령처럼 창백하게 보이긴 했습니다. 산책 도중 그 환자는 자기의 죽음을 예언한 의사를 만났습니다. 의사가 입을 열었습니다.

"아이구, 안녕하십니까? 분명 저승에서 갓 돌아오신 것 같습니다. 그래 우리를 떠나 죽은 분들은 저승에서 어떻게 지내던가요?"

환자였던 사람이 말했습니다.

"아주 편안히 사시더군요. 그분들은 망각의 물을 마셨으니까요.

그래서 삶의 모든 고난을 다 잊고 사시더군요. 그건 그렇고 내가 저승을 떠나기 직전에 당국은 모든 의사들을 고소할 준비를 하더군요. 고소 이유는 의사들이 환자들을 자연의 순리에 따라 죽도록 내버려두지 않고 그들의 목숨을 유지하도록 자기들의 기술을 활용한다는 것입니다. 당국은 다른 의사들은 물론 당신을 고소할 것입니다. 그때가 되면 당신은 의사가 아니라 단순히 사기꾼이라는 점을 내가 증언하지요."

교훈

우리 중 상당수는 돌팔이의, 돌팔이에 의한, 돌팔이를 위한 환자들이다.*

255
사자와 늑대와 여우

　나이가 들어 몸이 쇠약해진 사자가 자기 굴에서 앓아누워 있게 되자 여우를 제외한 숲속의 모든 짐승들은 그의 안부를 물으려고 그곳에 들렀습니다. 늑대는 여우에 대한 옛 원한을 갚을 좋은 기회가 왔다고 생각했습니다. 그리하여 늑대는 여우가 오지 않았다고 사자의 주의를 환기시켰습니다. 늑대가 말했습니다.
　"폐하의 안부를 물으려고 우리 모두는 여기를 다녀갔습니다만 여우는 빠졌습니다. 여우는 가까이에도 오지 않고 폐하께서 건강하신지 병환이 나셨는지 전혀 관심이 없사옵니다."
　바로 그때 여우가 들어오다가 늑대가 한 말의 끝자락을 들었습니다. 사자는 이를 데 없이 불쾌해하면서 여우에게 포효했습니다. 그러나 여우는 자기가 적조했던 상황을 설명할 기회를 주십사 하고 간청하며 말했습니다.
　"폐하, 저만큼 폐하를 생각하는 자는 하나도 없습니다. 이제껏 내내 저는 여기저기 의사들을 찾아다니며 폐하의 병세를 고치려고 노력했습니다."
　그러자 사자가 말했습니다.
　"그래, 치료법을 알아왔는지 물어봐도 되겠나?"
　여우가 대답했습니다.

"하나 알아 왔습니다. 바로 이런 것입니다. 늑대의 가죽을 벗겨 아직 온기가 식기 전에 그 가죽으로 폐하의 몸을 감싸야 한다는 것입니다."

그래서 사자는 늑대에게로 몸을 돌리더니 그의 앞발로 한 대 때려 늑대를 죽였습니다. 여우가 알아 온 처방에 따른 것이었습니다. 그러나 여우는 웃으며 속으로 말했습니다.

"그게 모두 앙심을 갖게 한 결과지 뭐냐."

교훈
모략은 모략을 낳고 이어서 파멸을 낳는다.

256
헤라클레스와 플루토스

헤라클레스가 신들에 의해 받아들여져서 제우스 신이 베푼 잔치에 참여하게 되었을 때였습니다. 헤라클레스는 부의 신 플루토스를 제외한 모든 신들의 환영 인사에 예의바르게 대했습니다. 플루토스가 헤라클레스에게 다가갔을 때 헤라클레스는 눈을 땅으로 내리깐 채 몸을 돌려 플루토스를 못 본 체했습니다. 제우스 신은 헤라클레스 쪽에서 그런 행동으로 나오는 것에 놀랐습니다. 그래서 다른 신들에게 그렇게 공손하던 그가 왜 플루토스에게만 그런 태도로 나오느냐고 물었습니다. 헤라클레스가 대답했습니다.

"폐하, 저는 플루토스를 좋아하지 않습니다. 그 이유를 말씀드리겠습니다. 그와 제가 지상에 함께 있을 때 플루토스는 항상 나쁜 놈들과 어울리는 것을 보았기 때문입니다."

교훈
나쁜 짓을 하지 않고는 부자가 될 수 없다.

257
여우와 표범

여우와 표범이 자기들의 용모에 대해 논쟁을 벌이고 있었습니다. 각자는 자신이 둘 중에서 더 멋있다고 주장하고 있었습니다. 표범이 말했습니다.

"내 이 멋있는 털가죽을 봐라. 이것에 비할 것이 넌 아무것도 없지 않느냐 말이다."

그러나 여우가 응수했습니다.

"너의 털 외투는 멋있지만 나의 기지는 너를 훨씬 능가하지 않니."

교훈
제 잘난 맛에 산다.*

258
여우와 고슴도치

물살이 빠른 강을 헤엄쳐 건너던 여우가 물결에 쓸려 발버둥을 쳤지만 물 아래 멀리까지 쓸려갔습니다. 마침내 여기저기 깨지고 탈진한 여우는 등 뒤에서 밀려가는 물에 밀려 마른 땅으로 간신히 엎치락뒤치락 기어올랐습니다. 움직이지는 못하고 그곳에 누워 있을 때 한 떼의 쇠파리가 그의 몸에 앉아 거리낄 것 없이 그의 피를 빨아먹었습니다. 여우는 너무 기운이 없어 파리들을 털어버릴 수도 없었습니다. 고슴도치가 여우를 보고 그를 괴롭히는 쇠파리들을 쓸어버려줄까 하고 물었습니다. 그러나 여우는 대답했습니다.

"제발 그러지 마라. 절대로 그러지 마. 이 쇠파리들은 이미 배불리 피를 빨았기 때문에 이제 별로 빨지 않거든. 그런데 네가 놈들을 쫓아버리면 다른 파리 떼거리가 와서 나에게 남은 피 전부를 홀랑 빨아먹고는 내 혈관 속에 피 한 방울도 남기지 않을 테니까."

교훈
우리 것을 거의 모두 빼앗아간 통치자들과 그의 종속자들을 제거함으로써 다른 자들에게 문호를 열면 새로 등장한 자들은 전보다 더 우리의 피를 흘리게 한다. 많이 해먹어 배부른 지배층이 이제껏 쫄쫄 굶고 돈에 한이 맺힌 새로운 지배층보다 낫다.*

259
까마귀와 갈가마귀

까마귀는 갈가마귀를 매우 질투하고 있었습니다. 왜냐하면 갈가마귀는 인간들에게 미래를 미리 알리는 점쟁이 새로 여겨져 자연히 큰 존경을 받았기 때문이었습니다. 까마귀는 자신도 같은 명성을 얻고 싶어 안달이었습니다. 그래서 어느 날 몇몇 여행자들이 가까이 오는 것을 보자 길가의 한 나뭇가지 위로 날아올라 목청껏 까악까악 하고 울었습니다. 여행자들은 그 소리에 좀 놀랐는데, 그것은 그 소리가 불길한 징조일지 모른다는 공포심 때문이었습니다. 마침내 그들 중 한 사람이 까마귀를 보고 나서 그의 동료들에게 말했습니다.

"여보게들, 괜찮아. 걱정할 것 없이 가면 되네. 저건 까마귀일 뿐이야. 아무 의미도 없어."

교훈
자신들이 뭐나 된 것처럼 가장하는 자들은 자신을 우습게 만드는 데 그치는 것이 아니다.

260
여자 마법사

한 여자 마법사가 있었는데, 그녀는 자기만이 비결을 가지고 있는 마법을 써서 신들의 분노를 피하게 할 수 있다고 공언했습니다. 그리하여 그 마법사는 점치는 사업이 잘 되어 거기서 짭짤한 생계비를 벌고 있었습니다. 그러나 어떤 인간들이 음흉한 마력을 가진 자라고 마법사를 고소하고 그녀를 판관들 앞으로 데려가 그녀가 악마와 거래를 하였으니 사형에 처해줄 것을 요청했습니다. 그녀는 유죄로 판명되어 사형선고를 받았는데, 판관들 중 한 사람이 그녀가 피고석을 떠날 때 그녀에게 말했습니다.

"피고는 신들의 분노를 피하게 할 수 있다고 말하지 않았는가? 그렇다면 인간들의 적개심을 없애지 못한 것은 어찌된 일인가?"

교훈
사기꾼은 언젠가 덜미를 잡힌다.

261
늙은이와 죽음

한 늙은이가 숲속에서 손수 도끼로 장작 한 단을 만들어 등에 지고 집으로 향했습니다. 갈 길은 먼데 집까지 반도 못 가서 완전히 탈진해버리고 말았습니다. 땅에 짐을 던져버리고, 죽음의 신에게 어서 오셔서 이 고달픈 생에서 자기를 벗어나게 해달라고 요청했습니다. 그 말이 그의 입에서 떨어지기가 무섭게 놀랍게도 죽음의 신이 그의 앞에 서더니 자기는 그 노인에게 봉사할 준비가 되었노라고 공언하는 것이었습니다. 노인은 너무나 놀라서 얼이 빠졌지만 겨우 남은 정신을 차려 더듬거리며 말했습니다.

"착하신 나리, 나리께서 그처럼 친절하신 분이시면 다시 짐을 지고 일어나도록 도와주십시오."

교훈
이제 죽어야지 하는 노인들의 말은 정말이 아니다.

262
여우들과 강

많은 여우들이 강둑에 모여 강물을 마시고 싶어 했습니다. 그러나 물살이 거세고 물이 어찌나 깊고 위험해 보이는지 그들은 감히 물을 마시지 못한 채 물가에 서서 서로에게 겁먹지 말라고 격려하고 있었습니다. 그 중 한 여우가 다른 여우들에게 수치심을 안겨주고 자신이 얼마나 용감한가를 보여주려고 입을 열었습니다.

"난 조금도 무섭지 않아. 이봐, 나 곧장 물로 들어간다!"

그 여우가 그렇게 하자마자 물살이 여우를 넘어뜨리며 쓸어갔습니다. 그가 하류로 떠내려가는 것을 보자 다른 여우들이 말했습니다.

"가지 마! 우리를 떠나지 마! 돌아와서 우리도 안전하게 마실 곳을 가르쳐줘."

그러나 그 여우가 대답했습니다.

"아직 그럴 수 없을 것 같구나. 난 바닷가까지 가고 싶다. 이 물살이 나를 멋지게 그곳까지 데려갈 거야. 돌아와서 기꺼이 너희들에게 길을 안내할게."

교훈

어느 집단이든 만용으로 자신을 과시하려는 성원은 있는 법이다.

263
수전노

한 수전노가 있었는데, 그는 가진 모든 것을 팔아 한 무더기의 금을 사서 그 금을 한 개의 덩어리로 녹여가지고는 그것을 몰래 밭에 묻었습니다. 그는 매일 그것을 보러 갔으며 때로는 그 보물을 흐뭇하게 바라보느라 긴 시간을 보내곤 했습니다. 그의 일꾼 하나가 주인이 자주 그 장소를 찾아가는 것을 목격하고는 주인의 거동을 살피다가 그 비밀을 알아냈습니다. 기회를 노리던 일꾼은 어느 날 밤 그리로 가서 금덩어리를 파내어 훔쳐가 버렸습니다.

다음날 수전노는 여느 때처럼 그 장소를 방문했다가 자기의 보물이 없어진 것을 알고 자기 머리채를 뜯으며 그 손실을 애통해하면서 신음하기 시작했습니다. 이런 그를 이웃에 사는 사람이 보고는 무슨 문제가 생겼느냐고 물었습니다. 수전노는 자신의 비운을 털어놓았습니다. 그러나 상대방은 말했습니다.

"이 친구야, 그렇게 마음 쓰지 말라구. 구멍에다 벽돌 한 개를 묻게. 그리고 매일 가서 보라구. 전보다 못할 게 뭐 있을라구? 자네가 금을 가지고 있을 때도 그 금이 자네에게 아무 실질적인 소용이 없었지 않았나?"

교훈
돈의 가치는 축적에 있는 것이 아니라 그 사용에 달렸다.

264
말과 수사슴

옛날에 말 한 마리가 초원을 완전히 독점하고 그곳에서 풀을 뜯어먹고 있었습니다. 그러던 어느 날 수사슴 한 마리가 초원으로 들어와 자기도 말과 다름없이 그곳에서 풀을 뜯어먹을 권리가 있다고 말하는가 했더니 더 나아가 스스로 가장 좋은 곳을 택하는 것이었습니다. 이 달갑지 않은 방문자에게 복수하기를 바란 말은 인간에게 가서 수사슴을 몰아내는 일을 좀 도와주면 어떻겠느냐고 물었습니다. 그러자 인간은 말했습니다.

"모든 수단을 써서 도와주지. 하지만 우선 너의 입에 재갈을 물리고 등에 타도록 네가 허용해야만 도울 수 있다."

이 제안에 말은 동의했기 때문에 둘이는 곧 함께 수사슴을 초원에서 추방해버렸습니다. 그러나 그 일이 이루어지자 말은 놀랍게도 인간이 그의 영원한 주인이 된 것을 깨달았습니다.

교훈
복수해준 대가를 자유의 상실로 지불하면 그 복수는 대가보다 비싼 것일지도 모른다.

265
여우와 가시나무

여우 한 마리가 울타리를 뚫고 들어가다가 다리를 헛디뎠는데, 넘어지지 않으려고 가시나무를 움켜잡았습니다. 당연히 여우는 심하게 긁힌 나머지 불쾌해서 가시나무에게 소리쳤습니다.

"내가 원한 것은 너의 도움이었어. 그런데 보란 말야. 네가 나를 어떻게 대접했는지를! 차라리 꽈당 하고 넘어질 걸 그랬어."

가시나무는 그의 말을 채뜨리며 응답했습니다.

"친구야, 나도 늘 다른 것을 붙잡는데 그런 나를 붙잡다니 자넨 정신을 어디다 빼놓았지?"

교훈

타고난 성품이 악한 자에게 도움을 요청하는 것은 어리석은 것이다.

266
여우와 뱀

뱀 한 마리가 강을 건너던 중 물살에 떠내려가고 있었지만 그래도 용케도 꿈틀거리며 옆에서 떠내려가는 한 묶음의 가시나무 위로 기어올랐습니다. 그러나 여전히 무서운 속도로 하류로 실려가고 있었습니다. 뱀이 올라탄 나뭇단이 소용돌이치며 아래로 떠내려가고 있을 때 강둑에서 한 여우가 그 광경을 보았습니다. 여우가 소리쳤습니다.

"저런! 승객과 배가 궁합이 맞는구나."

교훈
우리들은 남의 어려운 사정을 모른다.

267
사자와 여우와 수사슴

사자는 자기 굴 속에서 병들어 누웠기 때문에 먹을 것을 스스로 마련할 수 없었습니다. 그리하여 문병 온 친구인 여우에게 말했습니다.

"친구야, 저 너머 숲으로 가서 거기 사는 큰 수사슴을 꾀어 내 동굴로 오도록 해주었으면 좋겠다. 수사슴의 심장과 머리로 좋은 식사를 하고 싶구나."

여우는 숲으로 가서 수사슴을 찾아 그에게 말했습니다.

"형씨, 당신은 운이 좋아요. 우리들의 왕이신 사자를 알고 있지요? 그분은 지금 죽기 직전이에요. 그런데 그분이 짐승들을 지배하는 자기의 후계자로 당신을 지명하셨어요. 이 좋은 소식을 제일 먼저 가지고 온 것이 나라는 것을 잊지 않기를 바라요. 이제 난 사자왕에게 돌아갈 참이에요. 내 충고를 받아들인다면 당신도 같이 가서 임종 때 그 앞에 있어드려요."

수사슴은 극도로 우쭐해져서 아무 의심도 안 하고 사자 굴까지 여우 뒤를 따라왔습니다. 그러나 그가 안으로 들어가는 순간 사자는 수사슴에게 껑충 뛰며 달려들었는데 그만 목표물을 잘못 짚고 뛰는 바람에 수사슴은 귀만 찢어졌을 뿐 용케 피해서 될수록 빠른 걸음으로 숲속 자신의 피신처로 돌아왔습니다. 여우는 매우 분하게 되었고 사자 역시 몹시 실망했습니다. 몸이 아픈 데다 점점 더 배가 고파왔기 때문이었습니다. 그리하여 사자는 여우에게 다시 한 번 가서 그 수사슴을 유혹해서 굴로 데려오도록 시도하라고 졸랐습니다. 여우가 말했습니다.

"이번엔 거의 불가능합니다. 하지만 다시 노력해보겠습니다."

그리하여 여우는 두 번째로 숲으로 가서, 쉬면서 놀란 가슴을 진정시키고 있는 수사슴을 발견하였습니다. 여우를 보자마자 수사슴은 소리쳤습니다.

"이 악당아, 나를 꾀어 그처럼 죽게 하려 하다니 네 의도가 뭐냐? 어서 여기서 나가. 그렇지 않으면 이 뿔로 너를 죽일 테니까."

그러나 여우는 완전히 철면피가 되어 말했습니다.

"넌 참 겁쟁이로구나. 사자님이 정말 너에게 해꼬지 하려고 한 것은 아니라고 너도 생각할 거야. 이봐, 사자님은 단지 너의 귀에 대고 중대한 비밀을 속삭이려고 했던 거야. 그런데 너는 놀란 토끼처럼 도망친 것이라니까. 네가 사자님의 비위를 상하게는 했는데 그렇다고 네 대신 늑대를 왕으로 지명하진 않으실 거야. 즉시 네가 돌아가서 너도 용기가 좀 있다는 것을 보여드리지 않으면 문제는 달라지겠지만. 사자님은 너를 해치지 않을 것이라고 내가 약속하겠어. 그리고 나는 앞으로 너의 충실한 하인이 될 것이고."

수사슴은 어찌나 어리석은지 돌아가자는 설득에 넘어가고 말았습니다.

이번에는 사자왕은 실수를 하지 않고 수사슴을 힘으로 제압하고 그 시체로 정말 왕족답게 잔칫상을 마련했습니다. 그러는 동안 여우는 기회를 엿보다가 사자가 보지 않는 틈을 타서 자신의 수고비조로 수사슴의 머리를 슬쩍 훔쳐 치웠습니다. 말할 것도 없이 사자는 곧 그 머리를 찾기 시작했습니다만 모두 허사였습니다. 이것을 유심히 바라보던 여우가 말했습니다.

"머리를 찾아보셔도 아무 소용없을 거라고 저는 생각합니다. 사자 굴에 두 번이나 걸어 들어온 짐승은 머리 같은 것은 있을 수 없으니까요."

교훈
머리가 나쁘면 교활한 자들의 밥이 되기 십상이다.

268
가래를 잃어버린 사람

한 남자가 자기 포도원을 가는 일에 힘을 쏟고 있었습니다. 어느 날 일하러 와보니 그의 가래가 온데간데없었습니다. 그의 일꾼들 중에서 누가 훔쳐갔을지도 모른다는 생각에 그는 그들에게 샅샅이 물어보았습니다. 그러나 그들은 하나같이 아는 바가 없다는 것이었습니다. 그는 이들의 부인을 믿지 않고 그들더러 모두 도시로 가서 그곳 사원에 들러 절도죄가 없다는 맹세를 하고 오라고 지시했습니다. 이렇게 하라고 한 이유는 단순한 시골 신들은 믿지 못해도 도시의 더욱 영리한 신들의 날카로운 눈은 도둑이 무사히 피할 수 없을 것이라고 생각했기 때문이었습니다. 그들이 도시의 출입문에 들어서서 첫 번째로 들은 것은 도시의 포고 담당 관리가 도시 사원에서 무엇을 훔친 도둑에 대한 정보를 제공하면 보상을 주겠다고 포고하는 소리였습니다. 그러자 가래의 주인은 속으로 말했습니다.

"젠장, 다시 집으로 돌아가는 게 낫겠다는 생각이 드는군. 이 도시의 신들이 자신들의 사원에서 도둑질한 도둑을 찾을 능력이 없다면 그네들이 내 가래를 누가 훔쳤는지 말해줄 가망은 없는 것 같군."

교훈
도시에 있는 물건이나 사람이 시골에 있는 것보다 낫다는 생각은 착각이다.

269
자고새와 새사냥꾼

새사냥꾼이 새그물로 자고새 한 마리를 잡아서는 이제 막 그 목을 비틀 참이었습니다. 그때 자고새는 목숨을 구해달라고 가련하게 호소하며 말했습니다.

"저를 죽이지 마시고 살려주시면 다른 자고새들을 아저씨의 그물 속으로 유인해서 아저씨가 베푼 친절에 보답하겠어요."

그러나 새사냥꾼은 말했습니다.

"안 돼. 난 너를 살려주지 않겠다. 여하튼 너를 죽일 작정이야. 배신하는 네 말을 듣고 나니 너는 정말 죽어야 싸다."

교훈
동족을 배신하는 자는 죽어 마땅하다.

270
도망친 노예

자신의 팔자에 불만을 느낀 노예 하나가 주인에게서 도망쳤습니다. 주인은 금세 그가 없어진 것을 알아차리고 지체 없이 말 등에 올라 그 도망자를 추적하려고 출발했습니다. 이윽고 주인은 노예를 따라잡았는데, 그 노예는 체포를 모면할 희망으로 디딜방아 밑으로 기어들어가 그곳에 은신하고 있었습니다. 그의 주인이 말했습니다.
"아하, 이놈아. 그곳은 바로 네가 있을 장소로 안성맞춤이구나."

교훈
우연과 인간의 의지가 일치하는 경우가 있다.●
이 우화에서는 보는 이마다 다른 의미를 추출할 수 있다.●

271
사냥꾼과 벌목꾼

한 사냥꾼이 숲속에서 사자의 발자국을 찾고 있었는데, 얼마 후 나무를 베는 일에 열중한 벌목꾼을 보자 그에게 다가가서 그 근처 어디에서 사자의 발자국을 본 적이 있느냐고 물었습니다. 또한 사자 굴이 어디 있는지 아느냐고 물었습니다. 벌목꾼이 대답했습니다.

"함께 가시면 사자 그 자체를 보여드리겠습니다."

그러자 사냥꾼은 공포에 질려 얼굴이 창백해지며 이빨에서 소리가 나도록 덜덜 떨면서 대답했습니다.

"오, 고맙습니다만 나는 사자를 찾고 있는 게 아니라 다만 사자의 발자국을 찾는 중입니다."

교훈

멀찌감치 서서 영웅이 되기란 겁쟁이에게도 용이하다.

272
독사와 독수리

한 마리 독수리가 수직으로 날아 내려와 독사를 공격하고 그것을 가지고 날아가 삼키겠다는 의도에서 자기 발톱으로 독사를 꽉 잡았습니다. 그러나 독사는 독수리로서는 감당 못 할 만큼 몸이 재서 순식간에 독수리를 칭칭 감았습니다. 그러자 두 짐승 사이에는 죽기 살기의 싸움이 뒤따랐습니다. 이러한 충돌을 목격한 어떤 시골사람이 독수리를 도우러 와서 독수리가 독사에게서 벗어나 도망갈 수 있도록 하는 데 성공했습니다. 이에 대해 복수하려고 독사는 약간의 독을 그 사람의 뿔 잔 속에 뱉어 넣었습니다. 독수리를 풀어주느라 힘을 써서 몸에서 열이 난 그 사람이 뿔 잔에 담긴 물 한 모금으로 자기의 갈증을 막 가라앉히려고 할 때 독수리가 그의 손에서 그 잔을 채뜨려 내용물을 땅에다 엎질러버렸습니다.

교훈
하나의 친절한 행위는 다른 친절을 받을 자격이 있다.

273
악당과 신의 계시

어느 악당이 있었는데, 자기의 질문에 대한 틀린 답을 얻어냄으로써 델포이 신탁의 말씀이 믿을 수 없는 것이라는 사실을 증명하겠다고 말하며 내기까지 걸었습니다. 그리하여 그는 자기 외투의 접힌 주름 속에 감춘 작은 새를 가지고 정해진 날에 사원으로 갔습니다. 그러고는 자기가 손에 들고 있는 새가 살았는가 아니면 죽었는가를 물었습니다. 신탁의 말씀이 "죽었다"라고 나오면 그는 살아 있는 새를 내놓을 참이었고 "살았다"로 답이 나오면 그는 새의 목을 졸라 죽은 새라는 것을 보여줄 참이었습니다. 그러나 신탁의 말씀은 그로서는 너무 복잡했습니다. 다시 말해서 그가 얻은 대답은 이러했습니다.

"타관 사람아, 자네가 손에 들고 있는 것이 살았느냐 죽었느냐 하는 것은 전적으로 자네의 의지에 달린 문제일세."

교훈
신탁의 말씀은 영적인 세계에 속하는 것이므로 시험해서는 안 된다.

274
늑대를 추격하는 개

개 한 마리가 늑대를 쫓고 있었습니다. 개는 뛰면서 자기가 멋진 녀석이며 강한 다리를 가졌고 얼마나 빨리 땅 위를 달리는가 생각했습니다. 다시 그 개는 혼잣말을 중얼거렸습니다.

"지금 저기에 그 늑대가 있군. 정말 볼품없는 짐승이야. 저 녀석은 나의 상대가 못 돼. 저놈도 그 점을 아는군. 그래서 달아나고 있는 거지."

그러나 바로 그때 늑대가 돌아보며 말했습니다.

"친구야, 내가 너한테서 도망한다고 생각하지 마라. 내가 무서워하는 것은 너의 주인이란다."

교훈
높고 힘있는 주인을 모시는 자들은 자신들도 잘났다고 생각하는 오류를 범하기 쉽다.*

275
말과 나귀

훌륭한 마구에 자부심을 가졌던 말 한 마리가 한길에서 나귀를 만났습니다. 무거운 짐을 진 나귀가 말이 통과하도록 길을 비키는데 어찌나 느리게 움직이던지 말은 그를 더 빨리 움직이게 하려고 발길로 차고 싶은 충동을 거의 참지 못하겠다고 짜증나는 목소리로 소리를 쳤습니다. 나귀는 잠자코 있었지만 상대방의 오만함을 잊지 않았습니다.

얼마 후 말은 숨이 가빠진 나이가 되어 한 농부에게 팔려갔습니

다. 어느 날 그 말이 퇴비 마차를 끌다가 나귀와 다시 만났습니다. 그러자 이번에는 나귀가 조롱하며 말했습니다.

"아하! 자네가 이런 지경이 될 줄 생각 못 했겠지, 그지? 그렇게 오만하더니! 이제 자네의 그 화려했던 마구는 어디 갔지?"

교훈
시건방 떨던 시절이 당신에겐 없었는가?*

# 276
슬픔의 신과 그의 특권

제우스 신이 여러 신들에게 각자의 특권을 정해줄 때 공교롭게도 슬픔의 신은 그 신들과 자리를 같이하지 않았습니다. 그러나 모두가 자신들의 특권을 받았을 때 슬픔의 신도 입장하여 자신의 특권을 요구했습니다. 제우스 신은 난감했습니다. 슬픔의 신을 위해서는 남은 것이 아무것도 없었기 때문이었습니다. 마침내 제우스 신은 슬픔의 신에게는 죽은 자들을 위해 흘리는 눈물을 주기로 결정했습니다. 이처럼 다른 신들의 경우와 슬픔의 신의 경우가 같아진 것입니다. 다시 말해서 인간들이 더 충심에서 우러나 슬픔의 신에게 그의 특권을 남용할 기회를 주면 슬픔의 신은 더 헤프게 자신이 수여할 수 있는 것, 즉 눈물을 마구 흘리게 만들었습니다. 그래서 죽은 자들을 위해 오랫동안 애통하는 것은 좋은 일이 아닙니다. 게다가 그러한 울음바다에 빠지는 것을 유일한 기쁨으로 여기는 슬픔의 신은 눈물을 흘릴 새로운 원인을 재빨리 제공할 것입니다.

교훈
슬픔이라는 감정을 하나의 신으로 의인화해서 '우리가 슬퍼서 운다'는 간단한 서술을 슬픔의 신이 인간에게 줄 수 있는 것은 눈물밖에 없기 때문에 슬픔의 신도 다른 신들처럼 눈물이라는 특권을 함부로 남용한다고 서술한 글이다.●

277
매와 솔개와 비둘기들

어떤 비둘기장에 사는 비둘기들은 솔개에게 박해를 받았습니다. 솔개는 이따금 수직으로 날아 내려와 비둘기 식구 중 하나를 채갔습니다. 그래서 비둘기들은 그들의 적에게서 자신들을 방어하려고 매를 비둘기장 안으로 초빙했습니다. 그러나 곧 비둘기들은 자신들이 바보짓을 한 것을 후회했습니다. 매는 솔개가 일 년 동안에 죽이는 것보다 더 많은 비둘기들을 단 하루에 죽였던 것입니다.

교훈
어떤 치료법은 병 자체보다 더 나쁘다.

278
부인과 농부

최근에 남편을 잃은 한 부인이 있었는데, 그녀는 매일 남편의 무덤으로 가서 남편을 잃은 것을 애통해했습니다. 그 장소에서 얼마 떨어지지 않은 곳에서 열심히 쟁기질하던 농부가 그 부인을 보고는 아내로 삼기를 간절히 원했습니다. 그래서 그는 쟁기를 뒤에 남겨두고 와서 그녀 곁에 앉아 자신도 눈물을 흘리기 시작했습니다. 부인은 농부에게 왜 우느냐고 물었습니다. 농부가 대답했습니다.

"나도 최근에 아내를 잃었습니다. 참으로 사랑하는 아내였지요. 그래서 울고 나면 슬픔이 가셔요."

그러자 부인이 말했습니다.

"나도 남편을 잃었어요."

그리하여 잠시 동안 두 사람은 아무 말 없이 애통해했습니다. 그런 다음 농부가 말했습니다.

"당신과 내가 같은 입장이니 우리가 결혼해서 함께 살면 좋지 않겠습니까? 나는 댁의 죽은 남편을 대신하고 당신은 내 죽은 아내를 대신하게 되는 것이지요."

부인은 그 계획에 동의했습니다. 실로 그 계획은 퍽 타당한 것같이 보였기 때문이었습니다. 그리하여 그들은 눈물을 닦았습니다. 그러는 동안 도둑이 와서 쟁기와 함께 남겨둔 농부의 소들을 훔쳐갔습니다. 도둑맞은 것을 발견한 농부는 가슴을 치며 큰 소리 내어 그 손실에 대해 비탄의 눈물을 흘렸습니다. 부인이 그의 울음소리를 듣고 와서 말했습니다.

"어머나, 당신은 아직도 우시는 겁니까?"

그 질문에 농부가 대답했습니다.

"네, 이번에는 진짜로 우는 겁니다."

교훈

기지가 넘치는 한 편의 익살이다. 가짜 눈물은 식별하기 어렵다.

279
프로메테우스와 인간 창조

제우스 신의 명령을 받고 프로메테우스는 인간과 다른 동물들을 창조하는 일을 시작했습니다. 이성을 가진 유일한 피조물인 인간들이 이성을 소유하지 못한 짐승들보다 수가 훨씬 적은 것을 본 제우스 신은 얼마만큼의 짐승들을 인간으로 변화시켜 균형을 바로잡으라고 명령했습니다. 프로메테우스는 명령받은 대로 행했습니다. 이것이 어떤 인간들은 인간의 외형은 가지고 있지만 짐승의 영혼을 갖게 된 이유입니다.

교훈
사람 가죽을 썼을 뿐 본질은 짐승 같은 인간이 허다하다.

280
제비와 까마귀

옛날에 제비가 까마귀에게 자기의 태생에 대해 뻐기고 있었습니다. 제비는 말했습니다.

"나는 한때 공주였단다. 아테네 왕의 딸이었는데, 우리 남편이 나를 잔인하게 학대하면서 작은 잘못을 했는데도 내 혀를 잘라버렸어. 더 피해를 보지 않도록 나를 보호하려고 헤라 신이 나를 새로 변하도록 조치해주셨어."

그러자 까마귀가 말했습니다.

"현재로서도 넌 꽤 조잘거려. 네가 혀를 잃지 않았더라면 어땠을까? 난 상상도 못 하겠다."

교훈

혀가 없는 것 같은 소리로 지지배배 재잘대는 제비에 대한 탁월한 관찰이 엿보이는 익살이다.

281
사냥꾼과 말 탄 사나이

한 사냥꾼이 사냥감을 쫓아 나섰다가 산토끼 한 마리를 잡는 데 성공해서 그것을 집으로 가지고 오는 중이었습니다. 그때 사냥꾼은 말을 탄 사람을 만났습니다. 그 사나이가 사냥꾼에게 말했습니다.

"내 보기로 당신은 사냥감을 잡으셨군요."

그러더니 그것을 사겠다는 것이었습니다. 사냥꾼은 기꺼이 그러겠다고 말했습니다. 그러나 말 탄 사나이는 토끼를 손에 넣기가 무섭게 말에게 박차를 가해 전속력으로 달아나버렸습니다. 사냥꾼은 얼마간 그 사나이의 뒤를 쫓아 달려갔습니다. 그러나 자기가 속았다는 생각이 곧 떠올랐기 때문에 그 사나이를 따라 잡으려는 노력을 포기했습니다. 또한 자신의 체면을 살리려고 목청껏 그의 등뒤에 대고 소리쳤습니다.

"여보시오, 됐어요, 됐어. 당신 것이니까 그 산토끼 가져가시오. 원래 선물로 주려던 것이오."

교훈
물건이나 재산을 잃은 사람이 그것을 다시 찾을 수 없다고 확신할 때 "없던 것으로 하지" 하고 생각하는 경우가 많다.

282
염소지기와 야생 염소들

염소를 지키는 목동이 초원에서 자신의 염소들을 돌보다가 많은 야생 염소들이 접근하여 자기의 염소 떼와 섞이는 것을 보았습니다. 날이 저물었을 때 그는 염소들을 몰고 집으로 돌아와 그들 모두를 우리에다 함께 넣었습니다.

다음날 날씨가 극히 좋지 않아서 염소지기는 그들을 여느 때처럼 밖으로 데리고 나갈 수 없었습니다. 그래서 그는 그들 모두를 염소우리 속에 잡아둔 채 그곳에서 먹이를 주었습니다. 그는 자기 염소들에게는 굶어죽지 않을 만큼만 주었지만 야생 염소들에게는 양껏, 아니 먹을 수 없을 만큼 먹이를 주었습니다. 왜냐하면 그 야생 것들이 자기 집에 머물기를 간절히 바랐던 때문입니다. 또한 그놈들을 잘 먹이면 그놈들은 이 집을 떠나기를 원치 않을 것이라고 생각했던 것입니다.

날씨가 좋아졌을 때 염소지기는 그들 모두를 다시 초원으로 데리고 나갔습니다. 그러나 그들이 야산 가까이에 당도하자마자 야생 염소들은 염소 떼에게서 분리되더니 쏜살같이 줄행랑을 쳤습니다. 염소지기는 이에 대해 몹시 화가 나서 그들의 배은망덕에 대해 호된 욕을 퍼부었습니다. 그는 소리쳤습니다.

"나쁜 놈들! 내가 그렇게 잘해주었는데 저렇게 도망치다니!"

이 말을 듣고 야생 염소 중 한 마리가 돌아보며 말했습니다.

"네, 맞아요. 당신이 우리를 괜찮게 대우했어요. 사실 너무 잘해 주셨어요. 그래서 우리는 더욱 우리들을 방어할 겁니다. 당신이 새로 오는 것들을 당신의 염소들보다 더 잘 대우하는 걸 보니 또 다른 낯선 많은 야생 염소들이 당신의 염소들과 합세하면 나중에 온 것들을 더 잘 챙기느라 우리는 찬밥 신세가 될 것이 뻔하지 않나요?"

교훈

옛 친구들을 소홀히 하고 새 친구들에게 더 호의를 베푸는 기회주의자들을 흔히 볼 수 있다.*

283
꾀꼬리와 제비

꾀꼬리와 대화하던 제비가 꾀꼬리에게 충고하기를, 꾀꼬리가 집으로 정하고 사는 잎이 덮인 은신처를 떠나 이리 와서 자기처럼 인간들과 함께 살며 인간들의 지붕이라는 피신처에 둥지를 틀라는 것이었습니다. 그러나 꾀꼬리가 대답했습니다.

"나도 너처럼 인간들 사이에서 살았던 적이 있지. 그러나 그때 내가 겪은 잔악한 인간들의 행위에 대한 기억 때문에 난 인간들을 미워하게 되었단다. 그래서 난 다시는 인간들의 거처에 가까이 가지 않게 되었어."

교훈
과거에 고생했던 장소는 아픈 기억을 되살린다.

284
여행자와 행운

긴 여행 후 피로해서 녹초가 된 한 여행자는 바로 깊은 우물가에 쓰러지더니 곧 잠이 들었습니다. 그는 하마터면 빠질 뻔했는데, 바로 그때 행운의 여신이 그에게 나타나 그의 어깨를 건드리며 우물에서 더 멀리 떨어지라고 경고했습니다. 여신은 말했습니다.

"착한 양반아, 일어나 봐요, 제발. 당신이 우물로 떨어졌다면 비난은 당신의 우둔성을 향해 날아오는 것이 아니라 나, 바로 행운의 여신에게 날아왔을 것이오."

교훈
인간들은 잘못되면 자기 탓은 하지 않고 운수가 나빴다고 말한다.

옮긴이의 말

I

　이솝은 기원전 5세기경에 살았다는 것 외에는 그에 대해 알려진 것이 거의 없고 다만 낮은 계층의 인물이며 그의 용모와 몸매는 거의 괴물에 가까웠다고 전해질 뿐이다. 나다니엘 크라우치라는 사람의 말을 인용하면, 이솝은 코가 납작하고 곱사등에 입술은 흑인처럼 두껍게 튀어나왔고 머리통은 불안하게 어깨 위에서 덜크덕덜크덕 흔들렸고 몸통은 여기저기 굽지 않은 곳이 없고 배불뚝이에다 다리는 너구리 다리였고 피부색은 가무잡잡했다고 자세히 기술하고 있다.

　몇몇 학자들은 이솝은 그가 이야기한 우화만큼이나 우화적인 인물이었다고 기술하고 있다. 또한 13세기 한 비잔티움의 승려는 이솝이 사모스 섬에서 태어난 노예였고 기원전 6세기에 델포이에서 살해되었다고 말했다. 사실 이솝의 석상이 실제로 세워졌는데, 그것은 이솝이 만든 우화 속에 나오는 주인공들처럼 일그러지고 동물 같았다는 것을 보여준다는 것이었다.

　이솝보다 1세기쯤 늦게 등장한 그리스의 역사가 헤로도토스(그의 서술은 믿기 어려운 것투성이지만)는 아름다운 고급 창녀 로도피스(B.C. 550)라는 여자에 대해 기술하는 중에 그녀는 사모스 섬의 이아도몬이라는 사람의 노예였는데 우화 작가 이솝이 이 여자와 같은 동료 노예였다고 서술하고 있다. 또한 헤로도토스는 이솝을 죽인 대가로 이아도몬의 손자에게 델포이인들이 지불한 수고비에 대해서도 언급하고 있다. 추측하건데 어떤 힘있는 아테네 시민의 비행을 상징하는 이솝의 우화가 델포이의 사원과 관련된 승려나 그 밖의 사람들의 분노를 불러일으켰기 때문일 것이다.

아리스토텔레스는 그의 《시학》(II.XX) 속에서 이솝이 우화를 이용한 수법을 그대로 자신의 연설문에 이용한 것으로 유명하다. 다시 말해서 아리스토텔레스는 공금횡령죄로 고소당한 한 선동 정치가를 옹호했던 것이다. 다시 말해서 〈258. 여우와 고슴도치〉에서 쇠파리에게 피를 빨리고 있는 여우가, 그 쇠파리들을 쫓아주겠다는 고슴도치의 제의를 거부하는 부분이 있다.

"이 쇠파리들은 이미 배불리 빨았기 때문에 이제 별로 빨지 않아. 그런데 네가 놈들을 쫓아버리면 다른 파리 떼거리가 와서 나에게 남은 피를 홀랑 빨아먹고는 내 혈관 속에 피 한 방울도 남기지 않을 테니까."

고소당한 관리는 이미 돈을 많이 모았기 때문에 차라리 그를 관직에 있게 놔두라고 사모스 주민들을 넌지시 설득한 연설이었다.

그리스의 동물 우화에 대한 연구나 언급이 별로 없는 것은 그 우화들이 이미 너무나 잘 알려져 있어서 우화에 대한 이론이나 연구 평가로 접근할 필요가 없었고 학자들도 그런 연구에는 신경을 쓰지 않았기 때문이다. 재미있는 일은 사실 우화의 형식은 이솝 이전 몇 세기 동안 존재해왔지만 이솝이 "동물 우화의 아버지"로 불린다는 것이다. 그러나 아리스토텔레스가 인정한 것처럼 이솝은 당시에 떠돌던 많은 동물 우화에다 품격을 제공하고 심각한 연설 자료로도 손색없는 수준으로 그 가치를 끌어올렸다.

영국에서 이솝이 널리 읽히기 시작한 것은 1484년 웨스트민스터의 윌리엄 캑스턴이라는 사람이 97편의 우화를 수집하여 그것이 이솝의 우화라고 못을 박고 세상에 알리고서부터였다. 캑스턴은 1484년에 다음과 같이 기술하고 있다.

"그리스인 이솝은 섬세하고 창의력이 있으며 그의 우화 속에서 인간들이 어떻게 자신들의 안녕을 보호하고 인간들을 어떻게 통치해야 하는지를 가르치려는 목적이 있었다. 또한 모든 형태의 인간들의 생활과 풍습을 보여주려고 새와 나무와 짐승들을 동원하여 그것들이 이야기하고 활동하도록 유도하는데, 결국 이런 우화를 읽으면서 인간들이 자신들의 기지를 늘리는 동시에 기지를 날카롭게 벼리며 즐거움을 맛보게 하려고 우화를 창조했다"고 그는 결론짓고 있다.

II

이솝의 우화는 원래 어린이들이나 소년소녀들을 위한 글이라기보다는 성인들이 읽는 글이다. 그러나 영국에서는 오래전부터 이솝 우화에서 발췌한 이삼십여 개의 우화가 학교 교재로 사용되며 학생들의 언어 실력 향상에 이바지해왔다. 또한 앞에서 3백 개에 가까운 우화를 읽으며 그 재치와 익살, 일상생활과 인생에 대한 달관과 생생하게 살아 있는 대화에 놀란 독자도 많을 것이다.

20세기 지성을 대표하는 영국 작가였다가 미국으로 귀화한 W. H. 오든은 그림(Grimm)과 안데르센의 동화가 소년소녀들에게 끼칠 수 있는 악영향, 즉 동화가 끼칠 해독에 대해 그의 명저《서문과 후기(Forewords and Afterwords)》속에서 논의했다. 그림과 안데르센의 동화는 첫째 현실에 비춰볼 때 실재감이 전혀 없고, 둘째 독자들에게 공포감을 심어주기 때문에 영국 어린이나 소년소녀들의 자학적 충동을 키우고 인간 속에 내재한 파괴본능을 자극하며, 셋째 이야기의 내용에서 주인공을 돕거나 망치는 난쟁이들, 거인, 무당, 마귀할멈, 행운 등이 수시로 등장하기 때문에 어린이들로 하여금 막연한 운을 기다리거나 그것에 의존하려는 의타심을 조장한다는 대목이 인상 깊다.

그런 동화들에 비하면 이솝 우화는 전혀 딴 세계에서 펼쳐지는 건전한 읽을거리며 훌륭한 교육서가 될 수 있다. 우리 나라의 어떤 동화처럼 "할멈, 할멈, 떡 하나 주면 안 잡아먹지" 하던 호랑이가 떡이 떨어지자 할머니를 잡아먹는 그러한 잔인한 장면이 이솝 우화 속에는 없다. 동물들끼리 잡아먹고 잡아먹히는데, 그것도 모두 상징적인 연출이며 익살스럽고 기지 있게, 그러면서도 부드럽게 묘사되어, 이상에서 언급한 유명한 동화작가의 이야기와는 차원이 다르다. 웃으면서 재미있게 보고 나면 그 우화에 담긴 교훈이 어렴풋이 떠오르게 된다.

끝으로 W. H. 오든이 말한 것처럼 이솝 우화나 동화는 아동들이 직접 읽는 것보다 어른들이 읽고 이야기해달라는 아들, 딸, 손자, 손녀에게 육성으로 몸동작까지 넣으며 얼굴의 표정을 사자처럼, 여우처럼, 늑대처럼, 또는 재주껏 모기처럼 지으며 이야기해줄 수 있다면 그것보다 바람직한 것은 없을 것이다.

  끝으로 우리 사회를 이끄는 지식인, 정치인, 학자, 지도층들이 공연히 어려운 한자 성어 하나 어디서 주워 와서 학식이 있는 체하며 서투르게 연습하고 써먹는 그런 행태보다 이솝 우화를 음미하고 나서 자신들을 반성하는 계기가 되었으면 더 바랄 것이 없겠다.

2008년 11월

이덕형

옮긴이 **이덕형**

서울대학교 사범대학 영어교육과와 동 대학원을 졸업했다. 이화여자고등학교, 동성고등학교, 서울사대부속고등학교 교사로 재직하고, 서울대학교 강사와 연세대학교 교수를 역임했다. 편저로《한 권으로 읽는 세계문학 60선》이 있고, 역서로 콜린 맥컬로의《가시나무새》, J. D. 샐린저의《호밀밭의 파수꾼》, 월터 페이터의《페이터의 산문》,《르네상스》, 존 업다이크의《센토》,《돌아온 토끼》, 올더스 헉슬리의《멋진 신세계》, 존 파울즈의《프랑스 중위의 여자》, 토머스 로저스의《20세기 아이의 고백》, 캐서린 맨스필드의《가든 파티》, 그레이엄 그린의《천형》, 유리 다니엘의《여기는 모스크바》, 펠릭스 잘텐의《밤비》, 헨리 데이비드 소로의《월든》, 이솝의《이솝 우화》등 다수가 있다.

이솝 우화

1판 1쇄 발행 2009년 3월 30일
2판 1쇄 발행 2025년 8월 18일

지은이 이솝 | 옮긴이 이덕형
펴낸곳 (주)문예출판사 | 펴낸이 전준배
출판등록 2004. 02. 11. 제 2013-000357호 (1966. 12. 2. 제 1-134호)
주소 04001 서울시 마포구 월드컵북로 21
전화 02-393-5681 | 팩스 02-393-5685
홈페이지 www.moonye.com | 블로그 blog.naver.com/imoonye
페이스북 www.facebook.com/moonyepublishing | 이메일 info@moonye.com

ISBN 978-89-310-2553-8 04800
ISBN 978-89-310-2365-7 (세트)

• 잘못 만든 책은 구입하신 서점에서 바꿔드립니다.

문예출판사® 상표등록 제 40-0833187호, 제 41-0200044호

문예세계문학선

★ 서울대, 연세대, 고려대 필독 권장 도서　▲ 미국대학위원회 추천 도서
● 《타임》 선정 현대 100대 영문 소설　▽ 《뉴스위크》 선정 세계 100대 명저

1 젊은 베르테르의 슬픔 괴테 / 송영택 옮김	34 지상의 양식 앙드레 지드 / 김붕구 옮김
▲▽　2 멋진 신세계 올더스 헉슬리 / 이덕형 옮김	35 체호프 단편선 안톤 체호프 / 김학수 옮김
▲●▽　3 호밀밭의 파수꾼 J. D. 샐린저 / 이덕형 옮김	36 인간 실격 다자이 오사무 / 오유리 옮김
4 데미안 헤르만 헤세 / 구기성 옮김	37 위기의 여자 시몬 드 보부아르 / 손장순 옮김
5 생의 한가운데 루이제 린저 / 전혜린 옮김	●▽　38 댈러웨이 부인 버지니아 울프 / 나영균 옮김
6 대지 펄 S. 벅 / 안정효 옮김	39 인간희극 윌리엄 사로얀 / 안정효 옮김
●▽　7 1984 조지 오웰 / 김승욱 옮김	40 오 헨리 단편선 O. 헨리 / 이성호 옮김
▲●▽　8 위대한 개츠비 F. 스콧 피츠제럴드 / 송무 옮김	★ 41 말테의 수기 R. M. 릴케 / 박환덕 옮김
▲●▽　9 파리대왕 윌리엄 골딩 / 이덕형 옮김	42 파비안 에리히 케스트너 / 전혜린 옮김
10 삼십세 잉게보르크 바흐만 / 차경아 옮김	★▲▽　43 햄릿 윌리엄 셰익스피어 / 여석기 옮김
★▲ 11 오이디푸스왕・안티고네	44 바라바 페르 라게르크비스트 / 한영환 옮김
소포클레스・아이스킬로스 / 천병희 옮김	45 토니오 크뢰거 토마스 만 / 강두식 옮김
★▲ 12 주홍글씨 너새니얼 호손 / 조승국 옮김	46 첫사랑 이반 투르게네프 / 김학수 옮김
▲●▽ 13 동물농장 조지 오웰 / 김승욱 옮김	47 제3의 사나이 그레이엄 그린 / 안흥규 옮김
★ 14 마음 나쓰메 소세키 / 오유리 옮김	★▲▽　48 어둠의 속 조셉 콘래드 / 이덕형 옮김
★ 15 아Q정전・광인일기 루쉰 / 정석원 옮김	49 싯다르타 헤르만 헤세 / 차경아 옮김
16 개선문 레마르크 / 송영택 옮김	50 모파상 단편선 기 드 모파상 / 김동현・김사행 옮김
★ 17 구토 장 폴 사르트르 / 방곤 옮김	51 찰스 램 수필선 찰스 램 / 김기철 옮김
18 노인과 바다 어니스트 헤밍웨이 / 이경식 옮김	★▲▽　52 보바리 부인 귀스타브 플로베르 / 민희식 옮김
19 좁은 문 앙드레 지드 / 오현우 옮김	53 페터 카멘친트 헤르만 헤세 / 박종서 옮김
★▲ 20 변신・시골 의사 프란츠 카프카 / 이덕형 옮김	★ 54 몽테뉴 수상록 몽테뉴 / 손우성 옮김
★▲ 21 이방인 알베르 카뮈 / 이휘영 옮김	55 알퐁스 도데 단편선 알퐁스 도데 / 김사행 옮김
22 지하생활자의 수기 도스토옙스키 / 이동현 옮김	56 베이컨 수필집 프랜시스 베이컨 / 김길중 옮김
★ 23 설국 가와바타 야스나리 / 장경룡 옮김	★▲ 57 인형의 집 헨릭 입센 / 안동민 옮김
★▲ 24 이반 데니소비치의 하루	★ 58 소송 프란츠 카프카 / 김현성 옮김
A. 솔제니친 / 이동현 옮김	★▲ 59 테스 토마스 하디 / 이종구 옮김
25 더블린 사람들 제임스 조이스 / 김병철 옮김	★▽ 60 리어왕 윌리엄 셰익스피어 / 이종구 옮김
★ 26 여자의 일생 기 드 모파상 / 신인영 옮김	61 라쇼몽 아쿠타가와 류노스케 / 김영식 옮김
27 달과 6펜스 서머싯 몸 / 안흥규 옮김	▲▽ 62 프랑켄슈타인 메리 셸리 / 임종기 옮김
28 지옥 앙리 바르뷔스 / 오현우 옮김	▲●▽ 63 등대로 버지니아 울프 / 이숙자 옮김
★▲ 29 젊은 예술가의 초상 제임스 조이스 / 여석기 옮김	64 명상록 마르쿠스 아우렐리우스 / 이덕형 옮김
▲ 30 검은 고양이 애드거 앨런 포 / 김기철 옮김	65 가든 파티 캐서린 맨스필드 / 이덕형 옮김
★ 31 도련님 나쓰메 소세키 / 오유리 옮김	66 투명인간 H. G. 웰스 / 임종기 옮김
32 우리 시대의 아이 외된 폰 호르바트 / 조경자 옮김	67 게르트루트 헤르만 헤세 / 송영택 옮김
33 잃어버린 지평선 제임스 힐턴 / 이경식 옮김	68 피가로의 결혼 보마르셰 / 민희식 옮김

(뒷면 계속)

★ 69 팡세 블레즈 파스칼 / 하동훈 옮김	● 104 보이지 않는 인간 2 랠프 엘리슨 / 송무 옮김
70 한국 단편 소설선 김동인 외	▲ 105 훌륭한 군인 포드 매덕스 포드 / 손영미 옮김
71 지킬 박사와 하이드 로버트 L. 스티븐슨 / 김세미 옮김	106 수레바퀴 아래서 헤르만 헤세 / 송영택 옮김
▲ 72 밤으로의 긴 여로 유진 오닐 / 박윤정 옮김	▲ 107 죄와 벌 1 표도르 도스토옙스키 / 김학수 옮김
★▲▽ 73 허클베리 핀의 모험 마크 트웨인 / 이덕형 옮김	▲ 108 죄와 벌 2 표도르 도스토옙스키 / 김학수 옮김
74 이선 프롬 이디스 워튼 / 손영미 옮김	109 밤의 노예 미셸 오스트 / 이재형 옮김
75 크리스마스 캐럴 찰스 디킨슨 / 김세미 옮김	110 바다여 바다여 1 아이리스 머독 / 안정효 옮김
★▲ 76 파우스트 요한 볼프강 폰 괴테 / 정경석 옮김	111 바다여 바다여 2 아이리스 머독 / 안정효 옮김
▲ 77 야성의 부름 잭 런던 / 임종기 옮김	112 부활 1 레프 톨스토이 / 김학수 옮김
★▲ 78 고도를 기다리며 사뮈엘 베케트 / 홍복유 옮김	113 부활 2 레프 톨스토이 / 김학수 옮김
★▲▽ 79 걸리버 여행기 조너선 스위프트 / 박용수 옮김	▲● 114 그들의 눈은 신을 보고 있었다
80 톰 소여의 모험 마크 트웨인 / 이덕형 옮김	조라 닐 허스턴 / 이미선 옮김
★▲ 81 오만과 편견 제인 오스틴 / 박용수 옮김	115 약속 프리드리히 뒤렌마트 / 차경아 옮김
★▽ 82 오셀로 · 템페스트 윌리엄 셰익스피어 / 오화섭 옮김	116 제니의 초상 로버트 네이선 / 이덕희 옮김
★ 83 맥베스 윌리엄 셰익스피어 / 이종구 옮김	117 트로일러스와 크리세이드
▽ 84 순수의 시대 이디스 워튼 / 이미선 옮김	제프리 초서 / 김영남 옮김
★ 85 차라투스트라는 이렇게 말했다 니체 / 황문수 옮김	118 사람은 무엇으로 사는가
★ 86 그리스 로마 신화 에디스 해밀턴 / 장왕록 옮김	레프 톨스토이 / 이순영 옮김
87 모로 박사의 섬 H. G. 웰스 / 한동훈 옮김	119 전락 알베르 카뮈 / 이휘영 옮김
88 유토피아 토머스 모어 / 김남우 옮김	120 독일인의 사랑 막스 뮐러 / 차경아 옮김
★▲ 89 로빈슨 크루소 대니얼 디포 / 이덕형 옮김	121 릴케 단편선 R. M. 릴케 / 송영택 옮김
90 자기만의 방 버지니아 울프 / 정윤조 옮김	122 이반 일리치의 죽음 레프 톨스토이 / 이순영 옮김
▲ 91 월든 헨리 D. 소로 / 이덕형 옮김	123 판사와 형리 F. 뒤렌마트 / 차경아 옮김
92 나는 고양이로소이다 나쓰메 소세키 / 김영식 옮김	124 보트 위의 세 남자 제롬 K. 제롬 / 김이선 옮김
★ 93 폭풍의 언덕 에밀리 브론테 / 이덕형 옮김	125 자전거를 탄 세 남자 제롬 K. 제롬 / 김이선 옮김
★▲ 94 스완네 쪽으로 마르셀 프루스트 / 김인환 옮김	126 사랑하는 하느님 이야기 R. M. 릴케 / 송영택 옮김
★ 95 이솝 우화 이솝 / 이덕형 옮김	127 그리스인 조르바 니코스 카잔차키스 / 이재형 옮김
★ 96 페스트 알베르 카뮈 / 이휘영 옮김	128 여자 없는 남자들 어니스트 헤밍웨이 / 이종인 옮김
▲ 97 도리언 그레이의 초상 오스카 와일드 / 임종기 옮김	129 사양 다자이 오사무 / 오유리 옮김
98 기러기 모리 오가이 / 김영식 옮김	130 순킨 이야기 다니자키 준이치로 / 김영식 옮김
★▲ 99 제인 에어 1 샬럿 브론테 / 이덕형 옮김	131 실종자 프란츠 카프카 / 송경은 옮김
★▲ 100 제인 에어 2 샬럿 브론테 / 이덕형 옮김	132 시지프 신화 알베르 카뮈 / 이가림 옮김
101 방황 루쉰 / 정석원 옮김	133 장미의 기적 장 주네 / 박형섭 옮김
102 타임머신 H. G. 웰스 / 임종기 옮김	134 진주 존 스타인벡 / 김승욱 옮김
● 103 보이지 않는 인간 1 랠프 엘리슨 / 송무 옮김	135 황야의 이리 헤르만 헤세 / 장혜경 옮김